SV

Werner Koch

Diesseits von Golgatha

Roman

Suhrkamp

Erste Auflage 1986

Druck: Röck, Weinsberg
Printed in Germany

Diesseits von Golgatha

I

Sie alle hatten von ihm gehört, aber kaum jemand hatte ihn gesehen. Im übrigen hatten die Leute andere Sorgen.
Judas sagte: Der hat gut predigen.
Warum, erwiderte Barabbas, soll er nicht predigen? Laß ihn doch. Du mußt ihm ja nicht zuhören.
Zu uns wird er ohnehin nicht kommen, sagte Judas.
Barabbas hütete die Schafe, und Judas sah ihm zu. Judas brauchte keine Schafe zu hüten; sein Vater besaß den Krämerladen im Dorf, und da die meisten Leute vom See nicht bezahlen konnten, was sie kauften, hatte Vater Judas noch eine Wechselstube eingerichtet; fast jeder im Dorf hatte Schulden bei ihm, doch daran gewöhnt man sich.
Hast du nur noch sieben Schafe, fragte Judas.
Ja.
Und was ist mit den anderen?
Man hat sie nachts auf der Weide abgeschlachtet und mitgenommen. Da kann man nichts machen.
Und dein Hund?
Erstochen.
Und nun?
Nun habe ich keinen Hund mehr.
Judas mochte den Barabbas, er hätte ihn gern zum Freund gehabt. Aber Freunde findet man nicht leicht. Es gibt Menschen, die leben und sterben dahin, und sie hatten nie einen Freund.

Mit sieben Schafen kann man keine Familie ernähren, sagte Judas.
Kann man das nicht?
Barabbas stand auf, nahm seinen Stock, hielt ihn hoch, eines der Schafe blickte auf, sah den Barabbas, sah den Stock, legte die Ohren zurück und humpelte davon. Die anderen Schafe folgten ihm.
Treibst du deine Schafe zum See, fragte Judas.
Wohin sonst?
Judas und Barabbas gingen hinter den Schafen her und sprachen nichts mehr miteinander. Der See war ruhig. Es ist schwer, nebeneinander herzugehen und nichts zu sagen. Es gibt Worte, die kann man nur denken, und manche Worte sind schon gesagt, ehe sie überdacht wurden.
Deine Schafe haben schöne Wolle, meinte Judas.
Barabbas gab keine Antwort.
Und gut dabei sind sie auch.
Barabbas sah zum Himmel hinauf. Es war Nachmittag, Spätsommer, und es war schwül. Es wird Regen geben, sagte er.
Meinst du?
Sie gingen den Hügel hinunter und konnten das Dorf sehen. Barabbas war hier geboren. Aus welcher Gegend Judas war, wußte man nicht genau, niemand vom See wußte das, und man fragte auch nicht danach.
Wo hütet denn Maria ihre Ziegen, fragte Judas.
Barabbas schwieg.
Wenn du es mir sagst, würde ich mich erkenntlich zeigen.
Erkenntlich?

Vielleicht brauchst du Geld?
Ich brauche kein Geld.
Die Schafe liefen schneller. Das taten sie immer, wenn sie den Stall rochen. Sie hatten Heimweh, und Barabbas hatte festgestellt, daß Heimweh mit den Jahren zunimmt, die älteren Schafe laufen am schnellsten. Überm See regnete es.
Judas sagte: Ich will nämlich für eine Weile untertauchen, und da hätte ich die Maria gern noch einmal gesehen.
Du willst untertauchen, fragte Barabbas.
Vielleicht für immer.
Das ist deine Sache.
Ich will nämlich etwas tun, verstehst du? Ich will den Leuten vom See mal zeigen, was in mir steckt.
Ja, antwortete Barabbas, wer will das nicht.
Er trieb die Schafe in den Stall, sah den Judas an, sagte: Dann mach's gut, und schloß die Stalltür.

2

Der Mann, der Judas begleitete, war ein Landstreicher, jedenfalls sah er so aus. Sie waren unterwegs in die Stadt.
Judas fragte ihn nach seinem Namen.
Er werde Jakob genannt, antwortete der Mann.
Und wie heißt du wirklich?
Wie heißt denn du, fragte der Landstreicher.
Judas. Er sei der Judas vom See.
So, vom See, und was willst du in der Stadt?
Nichts besonderes. Mich mal umsehen. Oder etwas erleben, vielleicht. Und du?
Der Mann, der sich Jakob nannte, blieb stehen, nahm seinen Hut ab, wischte sich den Schweiß von der Stirn, sagte, er suche Arbeit, setzte sich an den Straßenrand, nahm ein Stück Brot aus seiner Umhängetasche und begann zu essen. Judas setzte sich neben ihn. Sie schwiegen.
Judas fragte: Wo stehst du denn politisch?
Nirgends.
Du mußt doch eine Meinung haben.
Ich habe keine Arbeit.
Ja, erwiderte Judas, das ist etwas anderes.
Sie saßen da, schwiegen, der Landstreicher aß sein Brot, und Judas sah ihm zu.
Jakob sagte: Wenn du vom See bist, kennst du vielleicht den alten Barabbas?

Den Lehrer?
Ja, kennst du den?
Natürlich, jeder am See kennt den Lehrer Barabbas, und der sei der Vater seines besten Freundes.
So.
Aber du, woher kennst du ihn denn?
Ich komme viel herum, antwortete der Mann, der sich Jakob nannte, steckte den Rest seines Brotes in die Umhängetasche, stand auf und sagte: Gehen wir weiter?
Judas überlegte, ob er sich dem Landstreicher wohl anvertrauen könne. Dann sagte er: Du hast doch gefragt, was ich in der Stadt wolle.
Ja, du willst etwas erleben. Ist es nicht so?
Nicht ganz.
Sondern?
Ich will in den Untergrund gehen, das System verändern, kämpfen.
Welches System?
Die Gesellschaft, den Staat, in dem du lebst. Gerade du müßtest das doch verstehen.
Warum gerade ich?
Weil du arm bist. Weil du keine Arbeit hast, weil es dir besser gehen soll.
Besser? Ja, besser könnte es ihm schon gehen, das schon.
Aber du tust nichts dagegen.
Nein. Was denn?
Hast du nie darüber nachgedacht, warum du arm bist, warum es dir dreckig geht, warum du betteln mußt, um am Leben zu bleiben?

Nachgedacht schon.
Und? Zu welchen Ergebnissen bist du gekommen?
Ach Gott, zu welchen Ergebnissen kommt man schon. Aber die Ergebnisse helfen nicht. Zu Ergebnissen kommen nur Leute, die von vorneherein wissen, daß sie jeden Tag satt werden. Das ist nichts für mich.
Judas wußte keine Antwort. Plötzlich sagte er: Darf ich dich einladen? Was hältst du davon? Ich lade dich ein zu einem feinen Essen mit Vor- und Nachspeise, mit Wein, mit einer guten Zigarre, mit einem starken Mokka, willst du?
Wer wollte das nicht. Und du lädst mich auch wirklich ein?
Meinst du, ich rede nur so daher?
Das nicht. Aber es gibt solche Leute.

3

Judas bestellte die zweite Flasche Wein, schenkte ein, Prost, sagte er, hat's dir geschmeckt, bist du satt?
Der Wein läßt sich trinken, meinte Jakob, alles was recht ist.
Trink, trink soviel du magst, das geht auf meine Rechnung, du bist mein Gast, und eines will ich dir noch sagen, verstehst du, das sollst du nämlich wissen, denn ich, der Judas, ich werde in den Untergrund gehen und kämpfen, verstehst du? Ich habe es satt mit anzusehen, wie die Leute sich abrackern, in den Weinbergen arbeiten, zum Fischfang gehen, die Schafe hüten, und was um sie herum geschieht, das interessiert sie nicht, das geht sie nichts an, um Gottes willen, die Welt ist, wie sie ist, da kann man nichts machen, alles nimmt seinen Lauf, man muß arbeiten und beten, beten und arbeiten, obwohl Gott gar nicht mehr hinhört, die dauernde Beterei ist ihm lästig geworden, Gott hat uns längst verlassen, vor Jahrhunderten schon, seit Moses schweigt er vor sich hin, aber sein Wort gilt immer noch, bis in alle Ewigkeit, aber vielleicht ist es gar nicht Gottes Wort? Vielleicht waren da ein paar Spinner am Werk, Leute, die Stimmen hörten und sich einredeten, es sei die Stimme Gottes? Nein, Jakob, sieh dich doch mal um in der Welt, sieh doch nur mal hin, findest du, daß sie gottgefällig ist?
Jakob schüttelte den Kopf. Gott? Nein, von dem hatte er nicht viel bemerkt. Das ist richtig, sagte er.

Nicht wahr? Auf wen legt er denn seine Hand? Auf dich? Auf mich? Sein ist die Rache, das ist wohl wahr, und an wem rächt er sich? An den Reichen? An den Mächtigen? An den Gottlosen? Um Himmels willen, er rächt sich nur an denen, die am Hungertuch nagen, und ausgerechnet diese Leute beten zu ihm, beten, beten, beten. Und warum tun sie das? Soll ich es dir sagen? Weil sie Angst haben. Sie fallen auf die Knie, beten, fallen wieder auf die Knie, beten, bis sie verhungern oder vorher sterben, und auf die Frage, ob das denn überhaupt ein Leben sei, was sie da tagaus tagein treiben, darauf kommen sie gar nicht.
Jakob starrte in sein Glas, nahm die Flasche, schenkte sich ein, trank, wischte sich den Wein von den Lippen und sagte: Genau das. Darauf kommen sie nicht.
Hab ich nicht recht, erwiderte Judas. Und, frage ich, warum begreifen diese Leute das nicht? Weil sie an Gott glauben. Verstehst du das? Du kannst das nicht verstehen, weil es gar nicht zu verstehen ist. Also lautet die Frage, was zu tun ist. Du wirst es nicht glauben, weil du ein frommer Mann bist, immer noch und trotz alledem, aber du bist ja kein dummer Mann, und deshalb sage ich dir, daß man Gott abschaffen muß. Gott taugt nicht mehr. Die Menschen brauchten ihn, weil sie beten wollten, weil sie Hoffnung suchten, aber das alles gibt es nicht mehr, weder Glauben noch Hoffnung. Oder hoffst du noch? Auf was denn? Auf Gerechtigkeit? Auf die Gnade Gottes? Da kannst du lange warten, warten, bis du schwarz wirst oder tot bist. Willst du das? Das kannst du nicht wollen, du doch nicht, also müssen wir die Sache selber in die Hand nehmen, hörst du, nur wir selber können uns helfen, wir

müssen Gott abschaffen und das Chaos wollen, unser Ziel muß es sein, alles zu vernichten, die Gesellschaft, den Staat, das System, denn wenn wir das erreicht haben, dann fangen wir neu an, ohne Staat, ohne Regierung, auch ohne Gott. Wir bauen uns die Welt neu auf, eine Welt, in der der Mensch wieder Mensch ist, wo es weder Ausbeuter noch Ausgebeutete gibt, weder Regierende noch Regierte, keine Reichen und keine Armen, und du, Jakob, du bist doch dabei, oder?

Ich? Meinst du?

Willst du nicht endlich Arbeit haben? Dein tägliches Brot? Deinen Frieden? Die Gewißheit, daß alles anders wird, anders und besser und gerechter? Willst du das nicht?

Der Mann, der sich Jakob nannte, starrte vor sich hin. Er hatte zuviel getrunken. Klar, sagte er, wenn du das sagst, dann ist es so. Ganz klar.

Du machst also mit?

Und schön hast du gesprochen, alles was Recht ist.

Darauf kommt es doch jetzt nicht an, erwiderte Judas.

Nicht?

Mit den schönen Sprüchen müssen wir ja gerade aufräumen, mit denen hat man uns lange genug in den Ohren gelegen. Wir müssen kämpfen, Jakob, um alles in der Welt, verstehst du das denn nicht?

Kämpfen?

Ja. Für ein anderes, für ein besseres Leben.

Alles klar, sagte der Landstreicher, legte die Stirn auf den Wirtshaustisch und schlief ein.

Judas zahlte die Rechnung. Bevor es dunkel wurde, wollte er in der Stadt sein.

4

Auch die Leute vom See hätten darüber nachdenken können, warum und wofür man arbeitet, ob der Lohn gerecht ist, das Leben lebenswert, die Welt in Ordnung. Aber solche Gedanken kamen ihnen nicht. Die Leute vom See gingen zum Fischfang, in den Weinberg, und sie hüteten ihre Schafe. Das war so seit Jahr und Tag, und das würde auch noch Tage und Jahre so weitergehen. Alles andere waren doch nur Hirngespinste, darauf konnte nur jemand kommen, der zuviel Zeit hatte. Und zuviel Zeit hatten die Leute vom See nicht.

Auch der alte Judas saß bis in die Nacht hinein über seinen Rechnungen, kontrollierte, wer zuviel Schulden bei ihm hatte oder ob das Kapital richtig angelegt war. Seit dem Tod seiner Frau schlief er schlecht, und ehe er morgens seinen Krämerladen öffnete, ging er noch zum Tobiaswirt, trank seinen Schoppen Wein, sagte zum Tobiaswirt: Wie geht's denn so?, wartete eine Antwort erst gar nicht ab, ging zurück zu seinem Haus, schloß die Ladentür auf und wartete auf Kunden.

Barabbas war mit seinen Schafen am See. Er überlegte, ob er sich einen neuen Hund zulegen sollte, doch für die paar Schafe, die ihm geblieben waren, würde sich das kaum lohnen; im übrigen dauert es Jahre, einen Hund abzurichten, und wer konnte wissen, wie es dann bei den Leuten vom See aussehen würde, in Zeiten wie diesen denkt niemand mehr über den Tag hinaus.

Markus ließ sich mit seinem Boot über den See treiben, flickte seine Netze und winkte dem Barabbas zu. Maria war mit ihren Ziegen in den Bergen.
Der alte Barabbas machte seinen täglichen Spaziergang durchs Dorf, genoß es, daß ihn jedermann grüßte, fast drei Generationen hatte er das Lesen, das Schreiben, das Rechnen und das Beten beigebracht, er kannte sie alle von Kind an, wußte noch nach Jahrzehnten, wer fleißig, wer fromm, wer faul gewesen war, aber das bedeutete nicht viel, Lehrer Barabbas hatte es miterlebt und immer wieder erfahren, die Kinder besser gestellter Eltern tun sich im späteren Leben leichter, sie haben frühzeitig gelernt, mit Geld umzugehen, wohingegen die Armen in der Regel arm bleiben, auch wenn sie sich zeitlebens abrackern. Geld läßt sich leichter vererben als Fleiß und Gottesfurcht, die Armen wissen das. Sie geben, je älter sie werden, die Hoffnung auf ein sorgenfreies Leben auf, und sie erziehen ihre Kinder wiederum zu fleißigen, zu anständigen, zu gottesfürchtigen Menschen, aber es ändert sich nichts, die Armut bleibt, als sei sie ein Verhängnis oder ein Fluch, nur während des Sterbens hat man ein reines Gewissen, doch ob es nach dem Tod ein besseres Jenseits gibt, wer will das behaupten.
Lehrer Barabbas blieb vor dem Gotteshaus stehen, sah hinauf zur Dachspitze, als wolle er feststellen, wie weit es von dort bis zum Himmel ist, aber irgend etwas brachte ihn von diesem Gedanken wieder ab, er wandte sich um und ging zum Friedhof. Die Stille beruhigte ihn. Die meisten seiner Schüler hatte er überlebt, Lehrer Barabbas dankte Gott, war mit sich und der Welt zufrieden, obwohl es natürlich nachdenklich macht, wenn man die

Toten besser kennt als die noch Lebenden und jeden Tag befürchten muß, der nächste zu sein. Er ging zu seiner Bank, setzte sich, zog ein Stück Papier aus der Tasche, in das er Brotkrumen eingewickelt hatte und streute sie auf den Weg. Ein kleiner Junge kam vorbei, zog seine Mütze, sagte: Grüß Gott, Herr Lehrer, und wollte weitergehen.
He, sagte Lehrer Barabbas, komm mal her.
Der Junge gehorchte, stellte sich vor dem Lehrer auf und sah ihn an.
Bist du nicht der Johannes?
Doch.
Dein Vater ist gestorben. Ist es nicht so?
Ja.
Und jetzt bist du traurig?
Ich habe ihm gerade Blumen gebracht, von der Mutter.
Weint deine Mutter viel?
In der Nacht, damit es niemand sieht.
Und betet ihr auch regelmäßig?
Der Junge schwieg, sah hinunter auf seine Hände, preßte die Finger gegeneinander, bis sie schmerzten und weiß wurden, schluckte und hatte Angst. Ein Spatz lief zwischen den Brotkrumen hin und her, pickte in den Sand, sah hinüber zur Friedhofsbank, pickte weiter, piepste, als wolle er sagen: Hallo! Hier bin ich, und dabei zwinkerte er mit den Augen und machte ein freches Gesicht. Lehrer Barabbas faßte den Jungen am Ohrläppchen, zog ihn zu sich auf die Bank, sagte: Du kennst doch die Zehn Gebote noch, oder irre ich mich da.
Der Junge nickte.
Sag eines auf!

Du sollst nicht ehebrechen.
Das sollst du bei Gott nicht. Ist das alles?
Nein.
Also?
Soll ich die Zehn Gebote hersagen?
Wie lautet das Erste Gebot? Nun? Ich bin der Herr Dein Gott...
...Du sollst keine anderen Götter neben mir haben...
Gebot Zwei: Ich bin der Herr Dein Gott...
...Du sollst den Namen Deines Herrn nicht mißbrauchen...
Gebot Fünf: Ich bin der Herr Dein Gott...
...Du sollst nicht töten...
Gebot Sieben: Ich bin der Herr Dein Gott...
...Du sollst nicht stehlen.
Lehrer Barabbas war zufrieden. Er ließ das Ohrläppchen des Jungen los, streichelte ihm über den Kopf, lächelte und sagte: Na also, das klappt ja noch. Aber was nützen die besten Gebote, wenn man sie nicht einhält?
Johannes dachte, ob Gott wohl wie Lehrer Barabbas aussähe. Der Spatz suchte nach Brotkrumen.
Sag deiner Mutter, sie soll mal bei mir vorbeikommen. Sagst du ihr das?
Sie hat viel Arbeit.
Arbeit? Natürlich hat sie zu arbeiten. Wer hat das nicht? Und doch steht geschrieben: Bete und arbeite! Hast du das vergessen? Und auch die Reihenfolge ist ganz klar. Erst steht da geschrieben: Bete!, und erst danach heißt es: Arbeite! Sieh mich mal an.
Johannes hielt den Blick des Lehrers nicht aus und sah zu Boden.

Was wirst du deiner Mutter sagen?
Sie soll mal zu Ihnen kommen.
So ist es. Und nun mach, daß du nach Hause kommst.

5

Vater Barabbas sprach das Abendgebet. Sein Sohn saß neben ihm, blickte vor sich hin und stützte den Kopf in beide Hände. Marias Platz war leer.
Sie aßen und schwiegen.
Später sagte Vater Barabbas: Wie war der Tag?
Ein Tag wie jeder andere.
Barabbas dachte an den Judas.
Sein Vater nahm das Brot, brach es, sprach: Gott segne es!, und reichte es seinem Sohn.
Ob Judas wohl in die Stadt gegangen war? Er hatte schon mehrmals solche Ideen geäußert, aber von der Idee bis zur Tat ist es ein weiter Weg, und meistens schrecken gerade jene, die viel Worte machen, vor der Tat zurück; es sind die großen Redner, die Angst haben, die Furchtlosen schweigen. Barabbas selber wollte nicht in den Untergrund. Er kannte die Leute nicht, die da tätig waren, also hatte er kein Vertrauen zu ihnen. Und wer die Welt zerstören will, muß auch sagen, wie er die zerstörte Welt wieder aufbauen möchte. Gerade das aber wußten diese Leute nicht.
Wo nur Maria bleibt, sagte Vater Barabbas.
Wo schon? Sie treibt die Ziegen ein.
Ich wünsche, daß in meinem Haus Ordnung herrscht. Ordnung und Disziplin. Wer in äußeren Dingen keine Ordnung wahrt, der hat sie auch nicht im Inneren.
Barabbas gab keine Antwort.

Sein Vater nahm wieder das Brot, brach es, reichte seinem Sohn ein Stück, sprach: Gott segne es!, stand auf, holte heiße Milch vom Herd und goß sie in eine Kanne. Dann sagte er: Es steht geschrieben, daß du Vater und Mutter ehren sollst.
Was meinst du damit?
Bin ich dir eine Erklärung schuldig?
Das nicht.
Und ehrt Maria ihre Eltern?
Mutter ist tot, erwiderte Barabbas.
Was willst du damit sagen?
Ich würde gern mal mit dir darüber reden.
Da gibt es nichts zu reden.
Gott hat eure Mutter genommen, sein Wille geschehe. Was gibt es da zu reden?
Barabbas schob das Brot beiseite und stand auf.
Wir haben das Dankgebet noch nicht gesprochen, sagte sein Vater.
Wir? Hier spricht ohnehin nur einer. Bete für mich mit, du kannst das doch so gut.
Vater Barabbas blickte vor sich hin, hörte, wie die Tür ins Schloß fiel, sprach das Abendgebet, stand auf, räumte den Küchentisch ab, wischte die Becher sauber, stellte sie in den Schrank, und schon jetzt wußte er, daß er erst Schlaf fände, wenn Maria nach Hause gekommen war.
Im Stall war es still. Eines der Schafe hob den Kopf, und Barabbas streichelte es. Gegen Mitternacht kam Maria nach Hause, der Markus war bei ihr, und Maria fragte: Hat Vater etwas gesagt?
Barabbas wußte, daß sie miteinander geschlafen hatten, man sah es ihnen an.

Du warst mit deinen Schafen am See, sagte Markus, ich habe dich gesehen.
Habt ihr den Judas noch getroffen, fragte Barabbas.
Den Judas?
Er wollte sich von euch verabschieden.
Wohin will er denn?
Was weiß ich.
Der Judas will doch jeden Tag etwas anderes.
Was geht uns der Judas überhaupt an?
Maria sagte: Vielleicht kommt der Jesus zu uns.
Zu uns? Was will er hier?
Predigen und Kranke heilen.
Wenn er das kann, antwortete Barabbas.
Warum nicht?
Woher willst denn du das wissen?
Die Leute behaupten das.
Welche Leute?
Markus hat den Simon getroffen, und der ist dabei gewesen.
Was hat der Simon gesagt?
Jesus hatte einen Lahmen geheilt, erwiderte Markus.
Und wie hat er das gemacht?
Ich kann nur berichten, was der Simon mit erzählt hat, und der Simon sagt: Sie haben einen Lahmen zu Jesus gebracht und zu ihm gesagt: Mach ihn gesund! Und der Jesus hat den Lahmen angesehen, sprach: Deine Sünden sind dir vergeben!, aber die Leute haben darüber gelacht, sie wollten einen Lahmen gehen sehen und nicht einen Menschen ohne Sünden, sagten sie, wie sieht denn ein Mensch ohne Sünden aus?
Und weiter?

Dann hat Jesus die Leute gefragt, was wohl schwerer sei, einem Menschen die Sünden zu nehmen oder einen Lahmen gehend zu machen. Aber die Leute erwiderten: Nur Gott könne einem die Sünden nehmen. Sie glaubten ihm nicht.
Glaubst du ihm?
Er hat dem Lahmen gesagt: Steh auf, nimm dein Bett und geh nach Hause.
Und? Konnte er wieder gehen?
Der Simon ist dabeigewesen, er hat es mit eigenen Augen gesehen.
Aber du? Glaubst du ihm?
Woher soll denn ich das wissen, antwortete Markus.

6

Man hatte ihm gesagt, er solle zum Steinweg 7 gehen und nach Marta fragen. Es war ein schmales Haus, wohl das älteste in der Gasse, doch es machte einen gepflegten Eindruck; die Stufen, die zur Haustür führten, waren noch feucht vom Putzwasser, die Vorhänge hinter den Fenstern frisch gewaschen. Judas klopfte an die Tür, niemand öffnete. Er sah sich um, klopfte noch einmal, ging an ein Fenster, legte die Hände zwischen sein Gesicht und die Fensterscheibe, versuchte hineinzusehen, aber die Vorhänge waren dicht gewebt und undurchsichtig. Er wußte nicht, was er nun tun sollte. Auf diesen Augenblick hatte er lange gewartet, man entschließt sich nicht von heute auf morgen, in den Untergrund zu gehen, dazu muß man sich durchringen, sich entscheiden, einen Entschluß fassen, ganz allein und jeder für sich, man macht das mit sich selber aus oder man tut es nie.

Judas ging durch die Stadt. Ein älterer Mann sprach ihn an und sagte: Sie sind wohl fremd hier? Kann ich Ihnen helfen?

Nein, nicht nötig.

Der Mann schüttelte den Kopf und ging weiter.

Vielleicht hatten sie es sich anders überlegt und wollte ihn nicht mehr? Vielleicht war ihnen die Polizei auf der Spur? Judas sah sich um; obwohl die Straße menschenleer war, fühlte er sich beobachtet. Er ging zu dem Haus zurück.

Eine Frau öffnete ihm, sah ihn an und fragte: Bist du der Judas?
Der Judas, ja.
Ich bin die Marta, antwortete sie, komm herein.
Sie war klein, dunkelhaarig, hatte graugrüne Augen, sagte: Ich geh mal vor, führte ihn in ein karg möbliertes Zimmer, zündete die Lampe an, schloß das Fenster und zog den Vorhang zu.
Bist du hungrig?
Nein.
Marta sagte: Dies ist dein Zimmer. Vorerst.
So.
Kann ich sonst was für dich tun?
Judas sah sie an. Bist du auch von der Gruppe, fragte er.
Ich bin die Marta.
Das hast du schon gesagt.
Na also. Genügt dir das nicht?
Weißt du, ich hatte mir das alles anders vorgestellt, nicht so belanglos, eher aufregend.
Man stellt sich die Welt immer anders vor, als sie in Wirklichkeit ist.
Das schon, nur, verstehst du, dies ist ein entscheidender Tag für mich, ich will ein neues Leben beginnen, da ist man gespannt, voller Tatendrang, man kann es kaum abwarten.
Es kommt nicht nur darauf an, *was* man tut. Es ist genauso wichtig zu wissen, *wann* man es tut. Die meisten Revolutionen sind nur deshalb gescheitert, weil sie zur falschen Zeit stattgefunden haben.
Das läßt sich im nachhinein leicht behaupten.

Nein. Das läßt sich im voraus berechnen.
Die meisten Menschen sehen das anders.
Die meisten Menschen sind von vorgestern und von übermorgen. Sie haben kein Heute.
Marta nahm einen Krug, füllte ihn mit Wasser, deckte das Bett auf, sagte: Du solltest erst einmal ausruhen, und ging hinaus. Judas war allein. Er fühlte sich einsam.

7

Judas wußte nicht, wo er war. Hinter dem Fenstervorhang schob sich ein neuer Morgen in eine klare Nacht. Es ist die Stunde zwischen Traum und Tag. Hier entscheidet sich, was wirklich und was wahr ist, und wahr ist, daß unsere Wirklichkeiten unsere Träume verjagen. Nun ist aber ein Leben, das ohne Träume zurechtkommen will, belanglos; was der Heilige vorträumt, erreicht den Straßenjungen erst Jahrhunderte später, die Vorträumer wissen das, sie haben Zeit, sie bauen keine schnellen Wirklichkeiten, sie bauen die Nachwelt; Gott, wenn es ihn denn gibt, sollte sich die Zeit nehmen, darüber nachzudenken.

Judas wußte nicht, wo er war. Wenn die Nächte dahinscheiden, verflüchtigen sich die Träume, doch der Mensch will den Morgen nicht, er will seine Traumbilder behalten, umklammert sie, schläft wieder ein, spürt, daß nur Träume unwiederbringlich sind, aber der Morgen, der von Natur herrisch ist, verstößt die sanften Nächte und die tröstenden Träume, der Morgen sagt: Wach auf!, Mensch, es ist Zeit, du hast ausgeschlafen, ausgeträumt, man könnte fast meinen, du seist schon tot, aber du bist nicht tot, also steht auf!, wasch dich!, leb weiter!, putz dir die Zähne!, jetzt wird gelebt, sofort, beeil dich, zum Totsein hast du noch Zeit genug, steh auf, ändre die Welt, ändre dein Leben, träum nicht, tu was!

Was?

Judas träumte, er sei am See. Am See aber sind die Nächte stumm, stumm und friedfertig. Diese Nacht war nicht friedfertig. Wo also war er? Er wußte es nicht, doch er wollte es auch nicht wissen, weil Wissen nicht hilft, Wissen macht schlauer, nicht menschlicher, er öffnete die Augen, sah die viereckige Nacht hinter dem Fenstervorhang, machte die Augen wieder zu, schwebte dahin zwischen Schlaf, Traum und Wachsein, nein, er mochte diesen Morgen nicht, er wollte die Nacht festhalten, was bedeutet es schon, wo du bist, wo oder wann oder warum, wesentlich bleibt allein, wie du bist, du, der Judas, also richte dich danach, träum weiter, träum vom See, von Liebe, vom Leben, von Lust, bekümmere dich nicht um andere, horch in dich hinein, Maria schläft mit dem Markus, Barabbas streichelt die Schafe, Vater Judas ist betrunken zu Bett gegangen, die Nächte sind sprachlos und sie machen einsam; im Schilf schaukelt ein Kahn, die Wellen klopfen an; Judas geht zum Grab der Mutter, sagt: Ich bin dein Sohn Judas, erkennst du mich? Nein, erwiderte die Mutter, dich kenne ich nicht, und du bist auch nicht mein Sohn Judas. Aber, Mutter, sagt Judas, wie kannst du nur so etwas behaupten, ich bin es wirklich, ich, dein Sohn Judas, ich bin aus der Stadt gekommen, um dich zu besuchen und dir zu zeigen, wie sehr ich dich liebe, über den Tod hinaus. Du hast mich nie geliebt, antwortet die Mutter, das lügst du mir vor, denn du bist gar nicht mein Sohn, und Liebe, mein Gott, Liebe soll man an den Lebenden versuchen, du kommst, egal wer du bist, zu spät, begreifst du das? Judas sah sie an, schloß die Augen, öffnete sie, schloß die Augen, öffnete sie, ja, natürlich war die Frau seine Mutter, man kennt doch die eigene Mutter, jedermann kennt die eigene Mutter, warum verleugnete sie ihn, sieh, sagte er, sieh doch meine rechte Hand an, die Hand mit dem Muttermal, daran wirst du mich erkennen, du hast immer gesagt: am Muttermal finde ich meinen Sohn Judas unter hunderttausend anderen Söhnen heraus, Mutter, Mutter, ich fleh dich an, glaub mir doch, ich bin der Judas, sag, daß du mich noch liebhast, sag das, mein Gott, warum glaubst du mir nicht, soll ich dir erzählen, wie es war, als du mich zum ersten Mal in Vaters Krämerladen mitgenommen hast: Ich war damals vier Jahre alt, vier oder fünf, und während du mit einem Kunden sprachst, habe ich hinter der Theke die Dose mit den Bonbons gestohlen, du hast es erst später bemerkt, hast mich angesehen, mir ins Gewissen geredet, aber du hast mich nicht geschlagen, nie im Leben, du hast immer gesagt, man dürfe allenfalls einen Hund prügeln, niemals ein Kind, und du hast gesagt: Es gibt Menschen, die lieben ihre Hunde mehr als ihren Gott, du hast gesagt: Wer meinem Sohn Judas wehtut, der tut auch mir weh, Mutter, weißt du das nicht mehr, du mußt es noch wissen, bitte, als ich im See Fische fangen wollte und fast ertrunken wäre; als ich mit Maria im Heu lag und nachfühlte, ob sie schon Brüste bekam; als du zum Lehrer Barabbas gegangen bist, weil er mich einen gottverdammten Stinker genannt hatte; als unser Haus beinahe abgebrannt wäre, während Vater beim Tobiaswirt saß und Karten spielte; als ich am Knie operiert wurde; als mein kleiner Bruder starb; Mutter, das mußt du doch noch wissen, genau wie ich, und weil ich es noch weiß, muß ich auch dein Sohn sein, der Judas, Mutter, glaubst du mir? Nein, erwiderte die

Mutter, nein, ich glaube dir nicht. Und laß mir meine Ruhe. Aber, sagte Judas, er stand vor dem Grab, starrte auf die Inschrift, blickte hinauf in den Himmel, betete, doch als er vom Himmel wieder herabblickte, war das Grab nicht mehr da, seine Mutter ertrank gerade im See, er wollte ins Wasser springen, um sie zu retten, aber er konnte sich nicht bewegen, die Gelenke waren erstarrt, Mutter, sagte er, ich will dir helfen, aber ich kann nicht, sieh mich an, und der kleine Johannes kam aus dem Schilf hervor, sah den Judas, erschrak, lief davon, Judas rief ihm nach: He! Johannes! Ich tu dir doch nichts, ich bin doch der Judas, aber der Junge lief weiter und an der Stelle, wo die Mutter ertrunken war, biß ein Fisch Kreise ins Wasser, Judas hielt die Hände vors Gesicht, betete, nein: nicht sterben, flehte er, nicht jetzt, es ist noch zu früh für mich, Gott: ich sage dir, es ist noch zu früh, ich will ins Dorf gehen, zum Friseur und mir die Haare schneiden lassen, zum Tobiaswirt, zum Schmied, ich will sie begrüßen, ihnen einen guten Tag wünschen, er ging auf sie zu, lächelte sie an, wollte ihnen die Hand geben, aber sie erkannten ihn nicht, auch sie nicht, Barabbas molk gerade die Schafe, Judas sagte: Hallo! Hallo Barabbas, doch Barabbas sah kurz auf und fragte: Sie wünschen? Vater Judas kam aus der Wechselstube, zwei Weinflaschen in der Hand, setzte die erste an den Mund, trank sie leer, warf sie weg, nahm die zweite, trank auch die leer, hielt sie seinem Sohn vors Gesicht, sah ihn hassend an, lallte: He! Sie! Haben Sie vielleicht meinen Sohn gesehen? Lehrer Barabbas packte ihn, stieß ihn mit dem Kopf an die Theke des Tobiaswirts, eine Katze sprang ihn an, zerkratzte ihm die Augen, im See war kein Wasser mehr, die Fische wanderten zu Tausenden durch die Dorfstraße, über dem Portal hing der Kopf eines Schafes, blutete aus Nase, Augen, Ohren, Maria umarmte den Kopf, küßte ihn, sie war nackt, sah den Judas, lachte, Judas, sagte sie, Judas, du altes Dreckschwein, bist du's wirklich, der leibhaftige Judas, spuckte ihm Blut ins Gesicht, rief: Da! Das ist für dich, schön siehst du aus...

Du also bist der Judas, sagte der Mann.

Wie, fragte Judas.

Ich sagte: Du bist der Judas.

Doch, doch. Natürlich, erwiderte er.

Dann hättest du vielleicht die Güte, mal aufzustehen.

Ja sicher, gleich.

Er zog sich an, schob den Fenstervorhang beiseite und sah hinaus. Er blickte auf einen Hinterhof, der voller Gerümpel war.

Marta kam und sagte: Bist du auch einer von denen, die sich nie waschen?

Im allgemeinen gehöre ich nicht dazu, aber...

Sie unterbrach ihn: ›Aber‹ ist ein gefährliches Wort. Die Leute sagen: Ich habe nichts gegen die Armen, *aber*... Sie sagen: Auch ich bin für den Frieden, *aber*... Sie sagen: Jedermann ist frei geboren, *aber*... Und nach jedem dieser ›Aber‹ folgt irgendeine Schweinerei.

Judas schwieg.

Wenn du frühstücken willst, geh die Treppe hinauf. Dein Bett kannst du später machen. Hast du dein Bett schon mal selber gemacht? Es ist ganz einfach. Man macht sich dabei nicht mal die Hände dreckig.

Judas gab keine Antwort und ging ins Frühstückszim-

mer. Es roch nach Tee, Tabak und Wein, und der Mann, der ihn geweckt hatte, sagte: Setz dich und pack mal aus. Der zweite Mann schenkte sich ein Glas Wein ein und tat so, als wäre der Judas nicht vorhanden.
Judas hatte plötzlich Heimweh. Er fühlte sich elend. Die Leute vom See waren zwar einfältig und langweilig, er hatte sie nie gemocht, aber sie hatten ihn gewähren lassen, obwohl er ein Außenseiter war, sie gaben ihm weder Freundschaft noch Liebe, immerhin aber Geborgenheit, manchmal sogar Verständnis, und Heimat hat man nur dort, wo man verstanden wird.
Marta brachte Brot und Wein, sah den Judas an, sagte: Haben sich die beiden schon vorgestellt? Nein? Natürlich nicht. Aber so sind die Typen, keine Ahnung von Sitte und Anstand, von Recht und Moral. Also paß auf: Der da, der immer so tut, als sei er der Chef hier, das ist der Elias. Nichts weiter, nur der Elias. Von ›Chef‹ keine Spur, also fall darauf nicht rein. Und der andere, nun, den Namen kannst du geradewegs vergessen. Der ist nämlich Tag und Nacht besoffen, und wenn er zufällig mal ein paar lichte Momente hat, selbst dann erinnert er sich nur dunkel, wie er heißt.
Der Mann sagte: Ich bin der Malchus. Und wenn du uns so reden hörst, mußt du wohl meinen, wir seien naiv.
Na und, fragte Marta, na und? Seid ihr das etwa nicht, naiv? Wie?
Die Männer schwiegen.
Ich geh jetzt Quartier beschaffen, wir müssen die Kulisse wechseln. Wenn Andreas kommt, sagt ihm, ich sei gegen Mittag wieder zurück. Und vielleicht räumt einer mal auf hier.

Sie ging.
Iß, sagte Elias, du bist hier nicht bei armen Leuten. Er lachte.
Judas nahm ein Brot und schenkte sich Tee ein.
Bist du immer so schweigsam, fragte Elias.
Ich muß mich erst mal zurechtfinden.
Zurechtfinden? Allerdings. Die Frage ist nur, wie.
Das ist die Frage.
Elias ging ans Fenster und sah hinaus. Malchus schenkte sein Glas voll, setzte die Flasche an den Mund und trank sie leer. Judas aß.
Wie reden denn die Leute so über uns, fragte Malchus.
Die wollen von euch nicht viel wissen. Zumindest die Leute vom See nicht.
Und du?
Warum bin ich wohl hier?
Das kann ich dir sagen, du willst die Welt verändern.
Ein bißchen schon.
Mit ›Ein bißchen‹ ist es nicht getan. Die ganze Weltgeschichte ist voller ›Ein bißchen‹. Ein bißchen Revolution hier, ein bißchen Terror dort; ein bißchen Befreiung mal so, ein bißchen Aufstand mal anders. Und was ist dabei herausgekommen? Man muß alles wollen oder nichts wollen. Und genau das wollen wir: alles oder gar nichts, den Sieg oder den Untergang, die Macht oder den Tod. Wir sind A wie anarchistisch, und unser Ziel ist das L wie Liga. Ergibt zusammen: A.L. Hat sich das noch nicht herumgesprochen?
Elias sagte: Hat er das nicht fein gesagt? Wenn man ihn zum erstenmal reden hört, kommen einem die Tränen. Geht es dir nicht auch so? Ich aber sage dir: Die Welt ist

vollgestopft mit Ideologen. Die haben Ideen und Pläne und Programme, die haben Zielvorstellungen, Zielgruppen, gezielte Aktionen und gezielte Basisarbeit, die wollen Anarchie, den Klassenkampf, die totale Revolution, die totale Freiheit, das totale Chaos und den totalen Menschen... Aber weißt du, was die nicht haben? Weißt du das, Judas? Weißt du, was ihnen total fehlt? Ich will es dir sagen: Der Arbeiter fehlt ihnen. Ein richtiger, normaler, einfacher Arbeiter. Einer, der seit fünfundzwanzig Jahren morgens um sechs Uhr aufsteht, zur Arbeit geht, abends nach Hause kommt, mit seiner Frau ißt, mit seiner Frau schläft, um sechs Uhr wieder aufsteht, wieder zur Arbeit geht, wieder ißt, wieder schläft, bis er nicht mehr kann, sein Leben gelebt hat, tot umfällt und sich nie gefragt hat, warum der Mensch lebt.
Ich kann deine Sprüche nicht mehr hören, erwiderte Malchus.
Weil du sie nicht wahrhaben willst.
Wahr ist, daß die Arbeiter schon immer ihre Vordenker benötigt haben.
Solche wie du?
Zum Beispiel.
Da kann ich jeden Arbeiter nur einzeln bedauern.
Elias ging wieder ans Fenster und sah hinaus. Am liebsten hätte er aufgeschrien oder irgendetwas kaputtgeschlagen. Malchus trank. Judas sah vor sich hin. Am See, dachte er, werden die Leute jetzt fragen, wo wohl der Judas abgeblieben ist, falls sie ihn überhaupt vermißten.
Es war still. Da lebt man miteinander, hat die gleichen Interessen, Wünsche und Vorstellungen und weiß sich nichts zu sagen.

Hat dein Vater nicht eine Wechselstube, fragte Elias.
Warum fragst du?
Wieviel Geld liegt denn da so rum?
Keine Ahnung.
Ungefähr.
Wirklich, keine Ahnung.
Vielleicht Fünfzig-, vielleicht Hunderttausend?
So etwa.
Da könnte man doch was abzweigen, oder?
Bei meinem Vater?
Malchus sagte: Du könntest mal Wein und Tabak besorgen. Du stehst noch auf keiner Liste.
Wo?
Gleich um die Ecke, keine hundert Meter von hier.
Der soll sich seine Giftstoffe selber holen, meinte Elias.
Hast du Geld dabei?
Geld genug.
Ist noch etwas?
Ja, sagte Judas, wißt ihr, ich hätte gern gehört, wie nun alles weitergeht und was ihr mit mir vorhabt.
Das mußt du Andreas fragen, der wird dich später verhören.
Wie?
Bei uns nennt man das ›Verhör‹, aber es steckt nicht viel dahinter. Da gibt es welche, die bestehen jedes Verhör mit Auszeichnung, aber wenn's drauf ankommt, kneifen sie.
So.
Als Judas gegangen war, sagte Malchus: Du hast doch nicht vor, die Wechselstube seines Vaters auszurauben?

Es muß Geld her. Unsere Kasse ist leer. Und was hältst du von dem Judas?
Blaß und blöd, wenn du mich fragst.

8

Maria wollte gerade die Ziegen heimtreiben, als der Regen kam. Sie liebte den Regen. Was wäre der Baum ohne Regen? Das Blatt und die Wurzel und das Moos und die Rinde? Wie könnte man noch spüren, was Friede ist, wenn der Nachtregen nicht mehr aufs Dach trommelt, gegen die Fenster schlägt und den Menschen offenbart, daß sie geborgen sind? Es gibt auf der Welt keine größere Sehnsucht als die Sehnsucht nach Regen, und ohne den Regen wäre die Welt leblos und leer. Ohne den Regen wären die Wiesen Wüsten, die Äcker Steppen, die Erde tot. Die Sonne leuchtet nur am Tag, die Sterne nur nachts, der Regen ist zeitlos. War es nicht die Sintflut, die den Menschen zur Besinnung brachte? Ist es nicht der Regen, der die Tränke füllt, die Haut durchblutet, den Bach beseelt? Die Mücken tanzen erst in der Sonne, nachdem der Regen die Rosenhecke erwachen ließ. Es ist nicht wahr, daß die Erde einst verdorren wird, denn jedes Feuer geht zugrunde und löscht sich selber aus. Es ist nicht wahr, daß die Menschen sich selbst vernichten werden, sie unterschätzen die Rache Gottes, und was der Herr geschaffen hat, wird auch der Herr zerstören. Wahr ist, daß einst ein Regen kommen wird, ein großer Regen, der ohne Ende ist, der die Welt hinwegspült, ein ewiger Regen, Menschen und Tiere werden Schutz suchen, er aber wird alle Lebewesen, alle Laubhütten und alle Dome überfluten, er, der allmächtige, große, ewige Regen wird

einst die Erde ertränken und die Welt verstummen lassen. Nur ein Gott könnte sie wieder zum Reden bringen, aber kein Gott wird das wollen, der Regen hat die Götter überflüssig gemacht.
Maria hockte im Holzschuppen, legte das Kinn auf ihre Knie und hörte dem Regen zu. Dies ist die Stunde der tröstenden Träume; das Bewußtsein vernebelt sich, aber hinter den Nebeln tauchen frühe Lichtungen auf, die Welt wird greifbar, die Vergangenheit gegenwärtig, die Zukunft rückt in Augennähe. Maria starrte vor sich hin. Vor ihr war eine Wasserlache, in die die Regentropfen vom Hüttendach fielen, tönten und verschwanden. Es ist die Stunde, wo der Kopf mit dem Herzen denkt und die Gedanken ins Fleisch dringen, wo die Toten mit den Lebenden sprechen, die Liebenden sich unsterblich wähnen, wo der Körper schwerelos und die Seele faßbar werden. Man durchschwebt das Leben; nicht das platte, dahin- und dahergelebte Leben, sondern das wahre, wirkliche, eigentliche, wie man es hätte leben können, leben sollen, leben müssen... Nur, man hat es versäumt.
Maria hockte im Holzschuppen, den Kopf auf die Knie gestützt und starrte vor sich hin. Der Regen schlug aufs Dach, tropfte durch die Decke, lief an den Holzwänden herab und bildete auf dem Lehmboden immer größer werdende Pfützen. Die Ziegen standen vor dem Schuppen mit geneigten Köpfen und hängenden Ohren. Sie hatten ihre Leiber aneinander gepreßt, dösten vor sich hin, waren eingeschlafen, warteten ab. Eine schwarze Wolkendecke lag dicht über den grüngrauen Feldern, als wolle sie die Erde erdrücken.

Maria dachte an den Markus, sie dachte an ihren Vater, und wenn sie an ihn dachte, dann stand er immer leibhaftig vor ihr; Lehrer Barabbas fand sich nicht damit ab, mal eben im Traum oder bloß in Gedanken aufzutauchen, er schob die Traumgestalten beiseite, drängte sich nach vorn, und wenn ihm das nicht gelang, machte er sich mit seiner Stimme bemerkbar, hielt die dahinwandernden Traumbilder zurück und rief der Maria ein Wort, einen Satz zu, und was immer er auch sagte, es war ein Befehl. Maria liebte ihn nicht, sie hatte ihn nie umarmt oder geküßt, Liebe ließ Lehrer Barabbas auch gar nicht an sich herankommen; doch Maria verehrte ihn, schon deshalb, weil unter all den Leuten vom See nur er Gottes Wort und Willen deuten konnte. Sie dachte an ihren Bruder Barabbas, an den kleinen Johannes und dessen Mutter, die jetzt Witwe war, und sie dachte an den Judas. Den Judas hatte sie einmal gern gehabt, auch mit ihm geschlafen, aber davon wußte niemand etwas, schon gar nicht der Markus, und der hätte es auch nie verstanden. Soll man aber die Wahrheit verschweigen, um die Liebe zu retten? Was ist das für eine Wahrheit, die sich von der Liebe unterkriegen läßt? Was ist das für eine Liebe, die die Wahrheit nicht erträgt? Es war geschehen, das mit dem Judas, sie hatte ihn geliebt. Und? Sollte sie darüber ein Leben lang Rechenschaft ablegen müssen? Warum führt Gott in Versuchung? Hat er das nötig? Ist er so erbärmlich? Wo kommen wir denn hin, wenn sich die Menschen auch noch Gottes erbarmen müssen. Maria wollte nicht ausweichen oder nach Entschuldigungen suchen; sie hatte den Judas tatsächlich gemocht und sie hatte mit ihm geschlafen, fünfmal, zehnmal, zwanzigmal,

was soll's. Doch plötzlich hatte sie nichts mehr für ihn empfunden, weder Lust noch Liebe noch Sehnsucht, alles dahin, vorbei und vergessen. Nur, es ließ sich nicht vergessen. Und dem Markus hätte sie es sagen müssen, um der Liebe, der Wahrheit willen, um es sich von der Seele zu reden. Aber davor hatte sie Angst. Wie sollte der Markus für etwas Verständnis haben, das sie selber nicht mehr verstand? Aber geht es überhaupt um Verständnis? Verständnis muß man alle Tage allerorten haben, nichts besonderes also, doch zur Liebe gehört mehr, die Kraft zu verzeihen, zu vergeben, die Macht, den Geliebten mehr zu lieben als sich selbst. Gibt es das? Gibt es Menschen, die so viel Kraft besitzen, so viel Liebe haben, so viel Macht über ihre Gefühle?
Plötzlich sprang Maria auf, riß sich die Kleider vom Leib, rannte hinaus in den wildströmenden Regen, reckte die Arme zum Himmel, warf den Kopf zurück, öffnete den Mund, trank den Regen, er schlug ihr auf die nackte Haut, auf die Brüste, die Schenkel, der Regen konnte ihr nicht wild genug sein, die weiße Haut und der schwarze Regen, das war Wonne, Wollust, Wirklichkeit, Gott, mein Gott, rief Maria, siehst du mich? Ich bin die Maria, sieh mich nur an! Ich bin deine sich hingebende Maria. Willst du mich so? Hast du Gefallen an mir? Oder magst du mich nur sanft und sittsam und demütig? Ich bin nicht sanft. Nicht sittsam. Ich mag keine Demut. Warum redest du nicht mit mir, Gott? Ist deine Stimme heiser geworden oder zu alt? Oder bist du gar verstummt? Bist du unfähig, den Regen zu überschreien? He! Gott! Gib Antwort! Sag was! Zum Donnerwertter, hör mich an und sag was!

Sie sah hinauf zum Himmel, sah die Ziegen, die Hütte, ging hinein und rollte sich in eine Felldecke. Sie fror. Sie wollte weinen, aber die Tränen blieben hinter den Augen stecken. Es ist schwer, nicht weinen zu können, schwer und schmerzhaft. Wie hält man es nur aus, so einsam zu sein.

Als sie erwachte, fror sie noch immer. Der Regen hatte nachgelassen. Die Hüttentür stand offen, knarrte, wehte hin und her. Draußen war es dunkel.

Erst jetzt bemerkte sie den Markus. Er saß neben ihr und sah sie an.

Bist du schon lange hier, fragte sie.

Du bist schön, antwortete er.

Warum hast du mich nicht geweckt?

Ich muß nach Hause.

Er küßte sie, streichelte ihre Haare, ihr Gesicht, ihren Mund, ihre Brüste, ihre Schenkel.

Die Ziegen wollten nach Hause. Ihr Fell hatte sich vollgesogen mit Regen und kaltem Abendwind, sie sehnten sich nach warmem Stroh und dem trockenen Stall. Maria sagte: Denkst du manchmal an den Judas?

Warum fragst du?

Meinst du, daß er noch mal wiederkommt?

Wer weiß.

Die Ziegen waren vorausgelaufen, sie hatten keine Lust, auf Maria zu warten.

Gehst du noch zum Tobiaswirt?

Heute ist Gemeinderat.

Um was geht's?

Um alles und nichts, wie immer.

Markus küßte sie. Wir werden bald heiraten, sagte er.

Dann werden die Nächte uns gehören.
Maria schwieg. Den Rest des Weges ging sie allein nach Hause, Vater Barabbas hatte es so angeordnet. Als sie zum Ziegenstall kam, war plötzlich der kleine Johannes da. Wo kommst du denn her, fragte Maria.
Ich hab dich tanzen gesehen.
Tanzen?
Oben auf der Wiese, im strömenden Regen, beim Holzstadel.
Da hast du mich gesehen?
Ganz nah. Aber ich habe schon immer gewußt, wie schön du bist.
Als Markus ins Wirtshaus kam, diskutierten die Männer laut und heftig, und wenn sie diskutierten, gerieten sie fast immer in Streit. Sie hatten nie gelernt zuzuhören, ließen zwar den Freund, nicht aber den Gegner ausreden, jeder hatte seine eigene und somit die richtige Meinung, die er ungeschminkt sagen und ohne Abstriche durchsetzen wollte, was die anderen redeten oder vorschlugen, war von vornherein verdächtig, da mußte man auf der Hut sein; es ging ihnen nicht darum, Rede und Gegenrede abzuwägen, um danach zu einem Ergebnis zu kommen, für sie war Diskussion ein abgekartetes Spiel, man geht hin, zeigt sich, redet mit, macht auf sich aufmerksam und stellt klar, daß man wer ist. Die Männer vom See wußten das, und sie wußten es nicht anders. Man diskutiert, um zu diskutieren, nicht der Sache wegen. Markus kannte dieses Spiel, er liebte es nicht, und auf die Dauer war es ja auch langweilig. Nach jeder Diskussion aber zeigte sich, wer am See das Sagen und damit die Macht hatte; war es früher noch Lehrer Barabbas mit seinen

Gläubigen gewesen, so hatte in letzter Zeit Krämer Judas mehr und mehr Anhänger gefunden, und das nicht etwa deshalb, weil man seine Ansichten schätzte, Krämer Judas war weit und breit der einzige Geldverleiher, und ohne Geld sind auch die besten Überzeugungen wirkungslos. Die Leute vom See wußten das, sie sagten: Der alte Judas kauft sich seine Stimmen. Ihm selber machte das nichts aus, im Gegenteil, wenn die Leute so dachten und redeten, hatten sie zumindest Respekt vor ihm, und er war ohnehin überzeugt, daß alles auf der Welt käuflich sei. Man mag darüber denken, was man will, wahr ist, daß die meisten Menschen, die so reden, mit dieser Ansicht recht behalten.

Krämer Judas war wütend. Nun habe er sofort die Polizei benachrichtigt, eine Belohnung ausgesetzt, die Justiz eingeschaltet, aber nichts war geschehen, und nicht das geringste Lebenszeichen von seinem Sohn Judas. Er verstehe das nicht, und in welcher Zeit man denn überhaupt lebe.

Einer der Männer wollte ihn trösten und meinte: Du mußt Geduld haben, Krämer Judas.

Geduld? Ich kann das Wort nicht mehr hören. Ich bin am Ende mit meiner Geduld. Gebt mir meinen Sohn wieder! Ist das so schwer zu begreifen?

Der Simon sagte: Ich bleibe dabei, er ist entführt worden.

Warum?

Warum nicht? Die Zeiten sind doch so, oder?

Das ist wahr, sagte Krämer Judas, die Zeiten sind wirklich so. Da hast du recht.

Aber wie soll's nun weitergehen?

Man muß abwarten, was sie verlangen. Was sonst?
Barabbas saß mitten unter ihnen und schwieg. Markus sah ihn an und sagte: Du bist doch der letzte gewesen, der den Judas gesehen hat. Du weißt doch, daß er freiwillig gegangen ist. Also red jetzt mal!
Barabbas stand auf und trank sein Glas leer.
Wo willst du hin, fragte Markus.
Heim, erwiderte Barabbas und ging.

9

Jetzt, da man unter sich sei, wolle er noch eine Runde geben, meinte der Tobiaswirt, holte Wein und rief seiner Frau zu, sie solle Käse und Brot bringen. Lena war seine zweite Frau, und sie war halb so alt wie er. Der Tobiaswirt hatte sie vor einigen Jahren beim Weinkauf kennengelernt und gleich mitgebracht. Man hätte nichts Böses über sie sagen können; trotzdem blieb sie eine Fremde, wer nicht vom See ist, gehört auch nicht dazu, da kann man sein, wie man will.

Alles was recht sei, sagte Lehrer Barabbas, der alte Judas tue ihm leid.

Die anderen schwiegen und sahen vor sich hin. Lena brachte Käse und Brot.

Vielleicht wende sich alles noch zum Guten, meinte Simon, und ob man den Judas tatsächlich entführt habe, sei ja noch gar nicht erwiesen.

Aber wo sonst sollte er denn geblieben sein, kein Mensch löse sich in Luft auf. Und wenn der Judas den See freiwillig verlassen hätte, so sei es doch mehr als merkwürdig, daß er darüber mit niemandem geredet habe.

Vielleicht doch, erwiderte Markus.

Wie? Hast du ihn noch gesehen? Hat er mit dir noch gesprochen?

Kein Wort, wahrhaftig nicht.

Wenn man etwas nicht begreife, sprach Lehrer Barabbas, müsse man es Gott überlassen, welche Entscheidungen er fälle. Der Mensch sei sündig auf die Erde gekommen, und dafür müsse er nun büßen. Als Moses seinem Volk die zehn Gebote verkündete, habe das Volk gelobt, die Gebote zu befolgen. Und nicht nur das. Das Volk habe einen feierlichen Eid getan, es schwor: »Alles, was der Herr gesagt hat, wollen wir tun, wir wollen ihm gehorchen!« Und was haben die Menschen getan? Was ist aus dem Schwur geworden? Diese Frage müsse er wohl kaum beantworten, und durch die Sünde sei das Böse, sei auch der Tod in die Welt gekommen.

Amen, sagte der Tobiaswirt und trank.

Auch das, fuhr Lehrer Barabbas fort, auch das gehöre dazu: Die Respektlosigkeit. Die Menschen bildeten sich ein, vor Gott seien sie alle gleich, ob alt oder jung, fromm oder sündig, strebsam oder faul, aber natürlich seien sie nicht gleich. Gott schaue einem jeden in Herz und Seele, er wisse sehr genau, mit wem er es zu tun habe, und sein sei die Rache.

Aber auch die Gnade, sagte Simon.

Gott, behauptete Lehrer Barabbas, mache da keinen Unterschied. Gnade oder Rache, das bleibe allein ihm überlassen und er, Lehrer Barabbas, könne den Menschen nur raten, sich nicht allzu sehr auf die Gnade Gottes zu verlassen.

Markus erwiderte, einen rächenden Gott könne er sich einfach nicht vorstellen; entweder sei Gott gnädig, oder es gebe ihn nicht.

Solche Sprüche führten schnurstracks zu Anarchie und Atheismus, schimpfte Lehrer Barabbas, wie könne man nur so dumm und so respektlos daherreden! Wie könne man nur so dreist sein, Gott vorschreiben zu wollen, was er zu tun oder zu lassen habe! Was eigentlich bildeten sich die Menschen ein, die da sagen: Entweder verstehst du uns, lieber Gott, oder wir verleugnen dich ... Entweder bist du gnädig, lieber Gott, oder wir schaffen dich ab ... Entweder, lieber Gott, tust du, was wir von dir erwarten, oder wir erklären dich für tot ... Da könne er, der alte und vielleicht auch altmodische Barabbas nur beten: Lieber Gott, sei den armen Sündern gnädig und verzeih ihnen ihren Unverstand.

Amen, wiederholte der Tobiaswirt, öffnete eine neue Flasche Wein und schenkte aus. Lehrer Barabbas überhörte die Bemerkung; sie war es nicht wert, beachtet zu werden.

Simon sagte: Du bist noch von der alten Schule, Lehrer Barabbas. Aber die Zeiten ändern sich, jede Generation will sich selber entdecken, die Kinder sind anders als ihre Eltern.

Das wisse er, aber die Frage, ob die Kinder anders seien als die Eltern, stelle sich nicht, die Frage müsse lauten: Sind die Kinder besser als ihre Eltern, *besser,* sage er, und das bedeute einzig und allein: näher bei Gott.

Das höre sich recht gut an, antwortete der Markus, aber Generationsprobleme gebe es seit Menschengedenken, immer schon habe die Jugend aufbegehrt, althergebrachte Sitten und veraltete Ansichten verworfen, und wer letztendlich recht behalte, sei eine Frage der Zeit und lasse sich erst beurteilen, wenn schon die nächste Generation das Sagen habe.

Es gehe nicht um Recht und schon gar nicht darum, wer das Sagen habe, betonte Lehrer Barabbas. Wenn über die Jahrhunderte hinweg stets die nächste Generation mehr

Recht geschaffen hätte, wäre die Welt zwangsläufig immer besser geworden und die Menschen lebten längst im Paradies. Es gebe also kein Recht, das die Weltgeschichte wie ein roter Faden durchziehe, Recht ändere sich und mit dem Recht die Gesetze. Und warum das so sei? Weil die Menschheit keinen festen Halt habe, weil sie nicht die vorgezeichneten Wege Gottes, vielmehr ihre eigenen, also falschen Wege gehe. Man brauche doch nur die zehn Gebote zu nehmen; wenn der Mensch sich danach richte, wäre die Welt in Ordnung und die Menschheit lebte in Frieden.
Die Menschen sind eben zu schwach. Und da Gott die Menschen geschaffen hat, trägt er für deren Schwächen auch die Verantwortung.
Dummes Geschwätz! Also wirklich, hier werden die Tatsachen auf den Kopf gestellt. Ist Gott schwach? Ist Gott sündig? Bringt er seinen Nächsten um?
Er läßt es zu.
Er muß es zulassen, weil die Menschen nicht mehr an ihn glauben.
Wirklich? Denkt denn er, dein Gott, er könne seine Menschen zur Räson bringen, indem er sie bis in alle Ewigkeit sündigen und morden läßt? Denkt er das? Dann ist er aber schwer auf dem Holzweg, denn je länger und je mehr die Menschen ungestraft sündigen und morden, desto stärker kommt ihnen der Verdacht, daß Gott überhaupt nicht existiert.
Lehrer Barabbas konnte das nicht länger mitanhören. Was, dachte er, muß in solchen Menschen vorgehen, die derart verwerfliche Gedanken haben und nicht die Strafe Gottes fürchten? Wohin werden solche Ideen die

Menschheit noch bringen, wenn man sie erst unters Volk trägt und den Pöbel damit aufhetzt? Was eigentlich sind das für Menschen, die nur noch an sich glauben, nur noch auf sich vertrauen, sich selber anbeten, gottgleich auftreten, das Paradies auf Erden verkünden und in Wahrheit die Hölle beschwören? Herr, betete Lehrer Barabbas, ich bitte Dich, vergib ihnen. Und ich danke Dir, daß ich nicht so bin wie sie, denn meine Seele weiß ich in Deinen Händen.
Simon sagte, er wünsche sich einen Gott, der nur für die Armen da sei.
Der Tobiaswirt war eingenickt, öffnete hin und wieder die Augen, fragte, ob noch genug zu trinken da sei, und schlief wieder ein. Lehrer Barabbas schwieg vor sich hin.
Also, sagte Markus, gehen wir nach Hause.
Hoffentlich kannst du gut schlafen, sagte Lehrer Barabbas. Bei deinem Gewissen hätte ich keine ruhige Nacht mehr, bei Gott nicht.
Fängst du schon wieder an? Wir sind hier nicht in der Schule, Lehrer, hier kann jeder seine Meinung sagen. Und meine Meinung ist, daß du vielleicht mal einen Satz herausbringst, indem du dich nicht auf Gott berufst.
Markus war es leid geworden, die Selbstherrlichkeit des alten Barabbas länger zu ertragen, irgendwann war auch seine Geduld zu Ende, und wenn die Leute vom See schon nicht wagten, gegen ihren alten Lehrer aufzumukken, Markus traute es sich allemal zu, das ist sich der Mensch doch schuldig, oder?
Ich schreibe deine Frechheiten dem Wein zu, sagte Lehrer Barabbas und nun will ich kein Wort mehr hören.

Was du hören willst oder nicht, ist deine Angelegenheit, ich rede hier, wie und was ich mag. Weder du noch dein Gott können mir das verbieten.
Wenn du wieder nüchtern bist, wirst du dich bei mir entschuldigen. Soviel Anstand wirst du wohl noch aufbringen.
Das hast du gut gesagt, Lehrer, vortrefflich. Wer deine Meinung nicht teilt, ist ohne Anstand, und wer sich Gott anders vorstellt, als du es tust, hat überhaupt keinen Gott. So einfach ist das. Du spazierst am See entlang, bildest dir ein, alle Menschen hätten zu denken wie du, zu fühlen, was du fühlst, zu glauben, woran du glaubst, mit einem Satz: Alle Menschen müßten sein wie du, und die Welt hätte keine Probleme mehr. Nun ist es aber nicht so, Lehrer, sondern ganz anders. Die Menschen sind grundverschieden, und dabei wird sich Gott ja irgend etwas gedacht haben, sonst hätte er sie doch alle gleich gemacht, vielleicht alle so wie du, nur, er hat es nicht getan, er wollte nicht nur Barabbasse, und das wäre ja auch schlimm für dich, Lehrer, denn wenn alle Menschen Barabbasse wären, würdest du nur einer unter vielen sein, wenn du recht hast, hätten alle recht, dein Gott wäre der Gott aller, stell dir das vor, Lehrer, dann bist du keine Ausnahme mehr, deine Sprüche sind Allerweltssprüche, deine Wahrheiten kennt jeder, da kannst du nicht mehr allabendlich in dein Kämmerlein gehen und mit Inbrunst sagen: »Herr, ich danke Dir, daß ich nicht so bin wie die anderen!«, das ist dann vorbei, die vielen Barabbasse machen aus dir eine Null, und eine Null, Lehrer, kannst du am allerwenigsten sein, das packst du nicht, du mußt das Gefühl haben, schlauer, besser, fröm-

mer zu sein als deine Mitmenschen, du gehst durchs Dorf mit dem stolzen Bewußtsein, daß alle Leute zu dir aufschauen, »seht her«, sollen sie sagen, »da kommt der alte Barabbas, der Lehrer, der ist mehr als wir, der weiß, wo Gott wohnt, alle Achtung, so einzigartig ist er ...«

Markus nahm sein Glas und trank es leer. In der Wirtshausstube war es so still, wie es nur in den Stunden nach Mitternacht sein kann.

Später sagte Lehrer Barabbas: Du wolltest doch einen gnädigen Gott. Du hast doch gesagt, die Menschen seien schwach, und da Gott die Menschen geschaffen habe, sei er für deren Schwächen zuständig und verantwortlich. Du beschwerst dich darüber, daß Gott nichts tue. Deiner Ansicht nach sollte er mehr eingreifen und nicht zulassen, daß die Menschen weiterhin sündigen und morden. Das hast du doch gesagt? Und nun habe ich eine Frage an dich, hör mal gut zu: Wenn Gott eingriffe, wenn er den Menschen klarmachen wollte, daß er die Schwächen, dic Sünden, das Morden nicht mehr ertragen kann, was müßte er dann tun? Wie? Ich will es dir sagen: Er müßte ewige Rache üben. Willst du das? Erwartest du das von Gott? Du willst ihn doch gnädig oder gar nicht, nun entscheide dich mal, oder meinst du, Gott richte sich stets danach, wie du gerade gelaunt bist?

Lehrer Barabbas wollte die Antwort nicht hören. Er stand auf und ging. Sein Glas ließ er halbvoll stehen.

Simon sagte, er bleibe dabei, Gott müsse nur für die Armen da sein.

Das hast du schon einmal gesagt, antwortete Markus.

10

Es gibt solche Tage. Sie kommen, dauern, gehen vorüber, und eigentlich ist nichts gewesen. Das Leben ist voll davon.

An diesem Tag saß der kleine Johannes am See und warf Steine ins Wasser. Er dachte an Maria. Er liebte sie, aber er war zu jung für die Liebe. Die ganze Welt mit all ihren Gesetzen, ihren Gebräuchen, ihren Spielregeln und ihren Religionen stand gegen ihn; aber die ganze Welt irrte. Sein größter Wunsch war es, Maria einmal anfassen zu dürfen, ihren Mund, ihre Haare, ihre Brust. Schon oft hatte er an Selbstmord gedacht, und der Gedanke, sich aus Liebe freiwillig zu töten, berauschte ihn. Der Himmel war wie der See, blaßblau und reglos. Wenn Wolken dazwischen sind, rückt der Himmel näher, zwischen Diesseits und Jenseits festigt sich Zusammenhalt.

Barabbas hütete die Schafe. Er hätte gern wieder eine große Herde gehabt, aber dazu benötigte er Geld. So mußte er warten; Monate, Jahre, und die Zeit verrinnt.

Als der Tobiaswirt in die Küche kam, starrte er seine Frau an, umarmte sie, packte sie, küßte ihr den Hals und sagte: Ich will dich.
Lena zog sich aus und legte sich auf den Boden. Der Tobiaswirt fiel über sie her und als er fertig war, sagte er:

Hat es dir Spaß gemacht?
Lena nickte.

Die Mutter des Johannes stand im Laden von Krämer Judas und kaufte Mehl und Salz. Und dann, sagte sie, brauche sie noch etwas Geld.
Das kannst du haben, erwiderte der Krämer, und wenn du für meinen Sohn betest, erlasse ich dir die Zinsen.
Sie bete auch so für den Judas, auch ohne Rabatt.
Und sollte dein Gebet in Erfüllung gehen und mein Sohn gesund heimkommen, brauchst du mir überhaupt nichts zurückzuzahlen.
Das könne sie nicht annehmen, antwortete die Frau.

Da er keine geregelte Arbeit hatte, war der Simon wieder auf Wanderschaft. Vielleicht würde er zufällig in eine Gegend kommen, wo auch der Jesus war. Simon hätte gern mehr von ihm gehört.

Der Schmied, der Friseur, der Schuster und all die anderen Leute vom See gingen ihrer Arbeit nach, sehnten sich nach Feierabend, nach Ruhe und Frieden. Was kann der Mensch mehr verlangen?

Lehrer Barabbas las. Erst in späteren Jahren hatte er die alten Philosophen wiederentdeckt, und wenn ihm eine Bemerkung gefiel, schrieb er sie ab. An diesem Tag notierte er:
»Überhaupt sind wir schon so weit, daß sich die Jungen den Alten gleichstellen, ja gegen sie auftreten in Wort und Tat... Auf diese Weise werden sie aufsässig und können

es schließlich nicht mehr ertragen, wenn man ein klein wenig Unterordnung von ihnen verlangt. Am Ende verachten sie dann auch die Gesetze, weil sie niemanden und nichts mehr als Herrn über sich anerkennen wollen. Und das ist der Anfang aller Tyrannei...«
An den Rand hatte Lehrer Barabbas geschrieben: ›Geeignet für jedwede Nachwelt‹.

An diesem Tag kam ein Fremder ins Dorf. Er hatte einen alten Esel bei sich, den er hinter sich herzog. Der Mann suchte Arbeit und klopfte überall an. Was er denn gelernt habe, fragten ihn die Leute. Er könne alles und jedes, antwortete der Mann.
Arbeit fand er keine. Wer alles und jedes kann, taugt nichts.

Maria war im Wald und sammelte Kräuter. Vor Jahr und Tag war ein Wanderprediger an den See gekommen, hatte sein Heil verkündet und der Menge erzählt, nach welchen Gesichtspunkten Gott Mann und Frau geschaffen hat. Er predigte, daß der Mann zum Jagen, die Frau zum Sammeln bestimmt sei; der Mann habe auf Jagd zu gehen, auf Jagd nach Wild, nach dem Weib, nach großen Ideen, nach letzter Erkenntnis. Der Mann zeuge, die Frau empfange; der Mann gebe, die Frau nehme; der Mann sei die Kraft, die Frau die Demut; was der Mann säe, müsse die Frau ernten. Gott sei der Vater, Gottes Mutter bloß Weib.
Warum es so ist, wußte Maria nicht. Und ob Gott die Welt noch in der Hand hat, läßt sich weder leugnen noch beweisen. Es ist ohnehin schwer, an ihn zu glauben.

Der Mann mit dem Esel kam den Waldweg entlang und grüßte.

Wie jeden Tag, war Markus beim Fischfang. Mehr Fische als gewöhnlich waren ihm ins Netz gegangen. Markus zog sie in den Kahn und erschlug sie.

11

Ist er das?
Ja.
Nicht schlecht, sagte Malchus. Richtig stark, dein Vater. Nur trinkfest ist der Alte nicht mehr.
Judas schwieg. Es war kurz nach Mitternacht. Überm See hingen dichtgedrängt schwere, schwarze Wolken; es war nicht auszumachen, ob sie in den See fallen oder zum Himmel zurück wollten; Wolken sind voller Rätsel; man sieht sie geradewegs auf sich zukommen, aber sie ändern dauernd ihre Richtung; sie ziehen schweigsam vorüber, nehmen eine Wolke mit, stoßen eine andere ab, lösen sich in Nichts auf, entblößen die Sterne, machen dem Regen Platz, dirigieren Donner und Blitz, aber immer sind sie auf der Flucht, ihre Schatten huschen dahin wie schnelle Entwürfe, nichts Handfestes, nichts Bleibendes, kein Halt, kein Ziel; doch manchmal finden auch die Wolken keinen Ausweg mehr, wohin sie auch fliehen, sind schon andere Wolken da, wuchtig und dunkel, sie schieben sich ineinander, verfestigen sich, als wollten sie den Himmel blockieren, da ist kein Durchkommen mehr, für die Sonne nicht, nicht für die Sterne, die Wolken umklammern die Erde, mauern die Welt zu, aus flinken Schatten ist ein Koloß geworden, der den See in Finsternis hüllt und dem Menschen Angst macht.
Malchus wiederholte seine Frage, ob der Mann tatsächlich der Krämer Judas sei.

Er werde doch seinen Vater noch kennen, erwiderte Judas.
Sie standen hinter einer Hauswand und beobachteten, wie der alte Judas das Wirtshaus verließ. Er wankte nach Hause. Manchmal blieb er stehen, sah hinauf in den Himmel, schüttelte den Kopf und ging weiter.
Tut er dir jetzt leid, fragte Malchus.
Nein.
Du hast ihn wohl nie leiden können, wie?
Judas gab keine Antwort.
Also mir, meinte Malchus, mir gefällt er. Schon daß er trinkt, macht ihn mir sympathisch. Eine Welt ohne Trinker, verstehst du, wäre das reinste Jammertal, freudlos, lustlos, phantasielos. Es sind die Trinker, die die Welt verändern. Es ist der Wein, der die Welt bei Laune hält. Hast du darüber mal nachgedacht? Nein? Dann hast du keine Ahnung, was Leben ist. Dann weißt du auch nicht, was deine geheimsten, deine schönsten Gedanken sind. Dann hast du zeitlebens nur plumpe, platte, primitive Ideen. Möchtest du das? Möchtest du nie dahinterkommen, wie weich ein Weib ist und wie zärtlich es in den Nächten zirpt? Möchtest du nie erfahren, was Seligkeit ist? Möchtest du das? Dann siechst du dahin und stirbst einen schwitzenden kalten Tod. Dann ist dein Leben Kummer und nichts sonst gewesen. Aber jeder Mensch hat das Recht, seinen Kummer zu ertränken: Wer das nicht wahrhaben will oder nicht begreift, der sollte dazu gezwungen werden, durch das Gesetz, verstehst du, der Befehl lautet: Vollaufen lassen! Saufen! Selig werden! Aber solche Gesetze gibt es natürlich nicht, weil Gesetze nie für, weil Gesetze stets *gegen* etwas sind; Gesetze

sagen dir, was du nicht sollst, was du nicht mußt, was dir nicht zusteht, welche Straße du nicht zu gehen hast; Seiten- und Umwege sind nicht erlaubt, jeder gehe seinen geraden Weg, keiner hat aufzufallen, niemand wage es aufzumucken, wem das nicht paßt, wird verhaftet, eingesperrt, gekreuzigt, aus dem Verkehr gezogen, denn die Gesetzesmacher sind Diener des Staates, der Ordnung, der momentanen Macht, an der Glückseligkeit der Menschen haben sie nicht das geringste Interesse, kapierst du das?

Judas sagte: Du könntest ja auch ohne mich gehen, meinst du nicht?

Wieso das?

Ich bring dich noch zu den anderen, den Überfall müßt ihr dann allein machen.

Aha.

Verstehst du das nicht? Ich war doch wirklich solidarisch, oder? Ich habe euch eingeweiht, instruiert, der Plan ist perfekt. Den Überfall aber müßt ihr ohne mich machen, kannst du das einsehen?

Ich schon, sagte Malchus.

Später wurde erzählt, Krämer Judas habe den Überfall erst bemerkt, als die ersten Käufer schon vor seinem Laden standen. Die Räuber hatten alles Geld mitgenommen; Lebensmittel und Getränke hatten sie nicht angerührt, und offensichtlich waren sie mit den Örtlichkeiten vertraut. Lediglich ein kleines Fenster im Hinterhof war eingetreten, und dieses Fenster war das einzige, das unmittelbar in die Wechselstube führte. So fiel der Verdacht auf fast jeden vom See, die Gerüchte wechselten ab, alte Feindschaften erhielten neue Nahrung, die Dorfgemeinschaft war zerstört. Krämer Judas klagte, so viel Elend überlebe er nicht, und warum gerade ihn die Strafe Gottes habe treffen müssen. Was die Leute vom See am meisten beschäftigte, war die Tatsache, daß es für den Überfall Zeugen gab. Der kleine Johannes war davongelaufen; seine Mutter hatten sie zusammengeschlagen und auf der Dorfstraße liegenlassen. Am nächsten Morgen fand man die Frau mit einer Kopfwunde; auf Fragen gab sie nur unverständliche, wirre Antworten.

Der kleine Johannes konnte sich nicht erinnern, einen der Räuber schon einmal gesehen zu haben. Sie seien vermummt gewesen, hätten kein Wort miteinander gesprochen, und außerdem sei er, sobald er die Gefahr erkannt habe, weggerannt.

Tage später erzählte er, daß er zum Friedhof gelaufen sei und sich dort versteckt habe. Und auf dem Friedhof sei der Judas gewesen.

Der Judas?

Der Judas.

Und du hast ihn gesehen? Leibhaftig?

Ja.

Wo hast du ihn gesehen?

Auf dem Friedhof. Am Grab seiner Mutter.

Und es war tatsächlich der Judas? Der Judas vom See? Der Sohn des Krämers?

Der war es.

Barabbas sagte: Irrst du dich auch nicht? Man sieht ja manchmal Gespenster, besonders auf dem Friedhof. Und wenn du den Judas wirklich gesehen hast, dann macht man sich natürlich seine Gedanken darüber.

Die mache er sich auch, erwiderte Johannes.

12

Sie hatten das Quartier gewechselt. Es lag im Zentrum der Stadt, am Marktplatz. Nur wer in die Höhle des Löwen gehe, sagte Marta, könne Erfolg haben, inmitten der ahnungslosen Zeitgenossen bleibe man am ehesten unentdeckt, die Masse sei von jeher gesichtslos, und gesichtslos zu sein sei für die A.L. die einzige Überlebenschance.

Niemand widersprach.

Andreas lobte die Aktion vom See; daß man eine Frau niedergeschlagen habe, halte er zwar für einen Schönheitsfehler, doch solche Begleiterscheinungen müsse man in Kauf nehmen. Revolutionäre seien nicht dazu da, mit dem Feind wie ein barmherziger Samariter umzugehen, und solange die Gesellschaft unfähig sei, sich aus sich heraus qualitativ zu verändern, werde man das System mit Gewalt bekämpfen. Zum Fall Judas schwieg er. Jeder aus der Gruppe hatte erwartet, daß Andreas mit dem Judas noch abrechnen würde; immerhin hatte er im entscheidenden Moment versagt und sich an dem Überfall nicht beteiligt. Aber Andreas überging den Vorfall, und zweifellos hatte er dafür Gründe. Andreas hatte für alles Gründe, und für ihn ließen sich sämtliche Gründe sämtlicher Systeme präzis einordnen: in ideologische und in taktische. Wenn Andreas einen Gedanken formulierte, kam ihm schon der nächste, rief den ersten Gedanken wieder zurück, übersprang ihn, so daß nur halbe Sätze übrigblieben und jeder Augenblick zugleich Zukunft war, denn, sagte Andreas, es gehe nicht darum, den gegenwärtigen Menschen umzukrempeln, es gehe um die Menschheit an sich, Revolutionen sind nicht für den Tag gemacht, sondern für das kommende Jahrtausend; die Herrschaft von Menschen über Menschen, sagte er, muß abgeschafft werden, und das geht nur durch permanente Revolution. Die etablierten Gruppen, Parteien, Religionen haben keine wirkliche revolutionäre Kraft. Die Aktion vom See hatte zwar auch den Zweck, an Geld zu kommen, ihr Sinn war es nicht. Ihr wahrer Sinn war eine Art Prüfung, in dem die Technik des revolutionären Krieges erlernt werden sollte. Jede Aktion ist zugleich Angriff, und jeder Angriff richtet sich grundsätzlich gegen die Institutionen des Feindes. Unser Krieg muß in die Wohnviertel der Herrschenden getragen werden. Wer uns für kriminell hält, irrt nicht nur, er unterschätzt uns und verharmlost unsere Ziele. Unsere Motivation ist die Motivation von Außenseitern: Der Gesellschaft muß klargemacht werden, wie die Welt morgen auszusehen hat. Es wird eine Welt sein, in der kein Mensch über einen anderen Menschen herrscht. Also lautet die Parole: Anarchie. Dies war einmal ein schönes, wohlklingendes Wort, das Wort ›Anarchie‹, die Herrschenden haben es in Mißkredit gebracht, durch uns aber soll es wieder ein gelittenes Wort werden. Der Mensch muß anarchisch werden, um zu seiner angeborenen Freiheit zurückzufinden. Formale Wissensansprüche zeugen von mangelndem Realitätssinn; sie verdunkeln den Blick für die augenblickliche Situation, somit für die Wirklichkeit. Die geltenden Vorstellungen von Recht und Moral spiegeln die

Interessenlage derer wider, die die Gesetze erlassen und deren Durchsetzung erzwingen. Die Gerechtigkeit des einen ist die Ungerechtigkeit des anderen. Jede Religion ist nicht nur eine fromme Lüge, sie ist vor allem ein wirkungsvolles Instrument in den Händen der Herrschenden. ›Gut und schlecht‹ gibt es nicht, es gibt nur ›gut für‹ oder ›schlecht für‹. Also muß man den Menschen sagen, was gut und was schlecht für sie ist, von selber kommen sie nicht darauf. Aber Reden allein bringt nichts. Die intellektuellen Schwätzer reden sich gegenseitig in Grund und Boden, und die Halbstudierten kippen um, wenn sie ihre Karriere in Gang gesetzt haben. Mit ihren Händen haben sie nie etwas gemacht. Sie können die Funktionen eines Messers bis ins letzte Detail beschreiben, Blut können sie nicht sehen. Mit ihren Plänen und Ideen ließe sich eine Armee von Schreibpulten füllen, doch sie sind unfähig, einem bellenden Vorgartenhund in die Augen zu blicken. Ihre Revolution findet auf dem Papier statt, was sie sich ausdenken, ist schon im Ansatz überholt, es hat nie etwas getaugt. Mit solchen Typen, sagte Andreas, möchte er nichts zu schaffen haben, er wolle Kampf, Gewalt, Aktion. Und die nächste Aktion stehe jetzt an, er habe einen hohen Richter observiert, den müsse man unschädlich machen, tot oder lebendig; auf den Termin könne er sich noch nicht festlegen, aber die Gruppe solle sich bereithalten.
Marta fragte: Wer? Wer soll sich bereithalten?
Alle, erklärte Andreas.
Die anderen schwiegen.
Ist noch etwas?
Nichts mehr.

Dann wär's das wohl, sagte Andreas und ging.

Eigentlich mochte niemand mit ihm zu tun haben, aber alle akzeptierten ihn. Er war ihr Kopf. Wie und warum er das geworden war, stand nicht mehr zur Debatte. Die Solidarität der Gruppe basierte auf ihrer Illegalität; entweder blieb sie solidarisch oder sie flog auf.

Elias meinte: Ihr könnt sagen, was ihr wollt. Ich halte ihn für krank.

Auch Neurotiker sind Ausdruck der bestehenden Ordnung, erwiderte Marta.

Judas hatte den ganzen Abend geschwiegen. Auch er hatte erwartet, daß man sein Verhalten beim Überfall gerügt, zumindest aber vermerkt hätte. Wenn Andreas nicht darauf eingegangen war, hieß es nicht, die Sache sei abgetan, niemand läßt seine Kameraden ungestraft im Stich, Judas war verunsichert. Es war schon bemerkenswert, wie Andreas formulieren und faszinieren konnte, er hatte nicht nur Autorität, er war autoritär, und das ausgerechnet in einer Gruppe, der jedwede Autorität suspekt war, Diskussionen mochte er nicht, Widerspruch duldete er nicht, er war der Chef, kein Zweifel, jede Aktion wurde von ihm vorbereitet und festgesetzt, was er sagte, wurde akzeptiert und durchgeführt, er war der Anarch, die anderen bloß Anarchisten.

Seine Rede hatte beeindruckt. Den Judas ärgerte, daß Andreas immer so tat, als verkünde er eine neue, noch nie dagewesene Ideologie. Und das, wußte Judas, stimmte nicht. Wenn der alte Barabbas auch ein ungerechter und jähzorniger Lehrer gewesen war, Philosophie konnte man bei ihm lernen, und die Philosophie des Andreas war nichts anderes als die Philosophie der Vorsokratiker und

Sophisten, sogar deren Dialektik hatte Andreas übernommen. Alles sei im Fluß und schon einmal dagewesen, war eine der Grundthesen des alten Barabbas, doch von solchen Einsichten hielt Andreas natürlich nichts, das waren für ihn leere Sprüche und totes Wissen, wer die Welt verändern will, muß von vorn anfangen, oder er scheitert, muß scheitern, weil der Mißerfolg inbegriffen ist.

13

Die Weinberge waren dunkelrot, die Obstgärten hellgrün, und je tiefer die Sonne sank, desto stärker leuchtete die goldgelbe Gerste. Es war ein heißer Tag, die Luft schwül und reglos; am sumpfigen Flußufer standen auf staksigen Beinen zwei Störche und warteten auf die Dämmerung. Simon beobachtete sie seit einer Stunde; die Störche, dachte er, müßten sich doch irgendwann einmal bewegen, den Hals recken, die Blickrichtung ändern, den Kopf drehen, aber sie verharrten in ihrer einbeinigen Starrheit und rührten sich nicht. Simon war auf dem Weg nach Hause; an dieser Stelle des Flusses machte er seit Jahr und Tag Rast, man gewöhnt sich daran, wird vertraut, es ist schön, einen Platz zu wissen, wo einen der Fluß, der Himmel und die Störche annehmen. War er auf dem Weg nach Hause? Wo liegt zuhause? Simon hatte schon als Kind mal hier, mal dort arbeiten müssen, dabei alles aber nichts richtig gelernt, und wer sein Leben als Gelegenheitsarbeiter beginnt, beendet es auch so, das lehrt kein Buch, doch jede Erfahrung. Simon nahm die Füße aus dem Wasser, rieb sie trocken, sah hinüber zu den Störchen, legte sich ins Gras und schlief ein.
Es war Nacht, als er erwachte. Er wußte, daß er geträumt hatte, aber er wußte nicht mehr, was. Die Menschen meinen immer, eigentlich müßten sie mal die Geschichte ihres Lebens aufschreiben, sie sagen: Mein Gott, wenn ich erst einmal zu erzählen anfinge!, und jeder bildet sich

ein, gerade seine Geschichte sei besonders bedeutsam; bedeutsamer als die Lebensbeichten sind aber die Menschheitsträume. Simon freute sich, wieder an den See zu kommen. Für ihn war der See nicht nur ein Ort, wo er akzeptiert wurde, dort hatte er Menschen, die ihn achteten und liebten. Natürlich hatte er schon daran gedacht, sich einmal eine Frau zu suchen und zu nehmen, die Frau bringt Ordnung ins Haus, sie sorgt dafür, daß der Tag geregelt ist und gebändigt wird, sie macht die Nächte wacher, aber für die Wanderschaft ist sie nicht geeignet, man sollte keine Frau dabeihaben, brauchbar und vertrauenswürdig ist allein der Mann, und selbst der findet nur Arbeit, wenn er bescheiden auftritt und auf den ersten Blick zu erkennen gibt, wie dankbar er seinem Arbeitgeber ist. Die Dankbarkeit läßt sich aber nicht immer durchhalten, die Tagelöhner und die Gelegenheitsarbeiter wissen das, sie sagen: Warum soll ich ihn hassen, ich muß ihm doch nicht dankbar sein... Simon dachte, daß die Reichen und Herrschenden genau das Gegenteil annehmen, sie setzen voraus, daß aus Dankbarkeit Liebe wird, doch in der vorhandenen Welt ist Nehmen seliger als Geben.
Obwohl Nacht war, hatte Simon nicht die Sorge, sich zu verlaufen oder zu verirren. Der Mensch muß sich die Nächte angewöhnen, um sie zu verstehen; die Augen müssen genauer werden, die Ohren wachbleiben und nicht erst dann hinhorchen, wenn irgendein Geräusch sie aufgeschreckt hat. Die Tiere wissen das. Man muß ihnen die Vorteile der Nacht nicht erst beibringen, ohne Nächte wären sie nicht lebensfähig, wären sie ausgestorben, und vielleicht hat Gott die Nacht nur deshalb geschaffen,

damit die Tiere vor dem Menschen sicher sind. Wozu benötigt der Mensch Nächte? Die meisten verschläft er, die anderen verbringt er mit irgendeiner Arbeit, die vor Morgengrauen noch fertig werden soll, den Rest benutzt er für die Liebe. Was haben die Liebe und die Nacht gemeinsam? Die Nacht muß dunkel sein, das ist ihre Natur, ihr Auftrag; die Liebe läßt sich nicht beauftragen; die Liebe kommt zu wem und wann sie will, ihre Stunden sind nicht geregelt, sie will im Augenblick genommen werden und nicht warten. Der Mensch hat die Liebe gedemütigt, indem er ihr das Licht entzog und sie in die Nacht drängte, und er drängte sie in die Nacht, weil er sich einbildet, die Nächte seien verschwiegen, verträumt und vergeßlich.

Die Sonne war schon aufgegangen, zögerte aber, frühe Schatten zu werfen. Auch die Natur muß sich mit jedem Tag neu durchsetzen; die Nacht macht dem Tag nur widerwillig Platz, die Wolken machen der Sonne nicht freiwillig Platz, und ehe sich der Regen durchsetzt, vergehen oft Tage und Wochen.

Simon kam an ein Waldstück, an dem er sich von jeher orientierte. Es lag am Rande eines kleinen Hügels, von dem man weit hinein ins Land sehen und in der Ferne den See erkennen konnte. Am Abhang stand ein Blockhaus, das unbewohnt schien, aber solange Simon zurückdenken konnte, lebte dort ein alter Mann, der seit eh und je aussah, als sei er mindestens hundert Jahre alt; doch wie alt ein Mensch aussieht, ist natürlich belanglos.

Wieder im Lande, fragte der alte Mann.

Simon antwortete, er sei auf dem Heimweg.

Irgend etwas Neues?

Nicht der Rede wert.
Also schlaf dich aus, du weißt, wo mein Bett steht, sagte der alte Mann, nahm seinen Hut, blickte in den Himmel und, dachte er, an diesem Tag würde er endlich das Strohdach vom Ziegenstall reparieren. Simon verschlief den Tag. Er wollte erst am Abend weiterziehen, die Nächte machen den Heimweg kürzer.
Als er sich verabschiedete, fragte der alte Mann: Hast du ihn gesehen?
Nein.
Und die Leute? Was reden die?
Du triffst im ganzen Land niemanden, der nicht von ihm gehört hätte.
Seltsam.
Findest du?
Findest du nicht. Die Menschen reden über ihn und kaum jemand hat ihn je gesehen.
Die beten ihn an, glaub mir, antwortete Simon.
Der alte Mann sah vor sich hin und schwieg. Was soll man dazu auch sagen?
Am See waren Maria und Barabbas, später kam auch der Markus dazu. Maria hatte Brot und Wein mitgebracht; sie saßen im Schatten des hohen Schilfs, und Simon sagte: Ihr wißt gar nicht, was es bedeutet, wieder daheim zu sein.
Über den See und durch das Schilf strich kaum hörbar der Wind; er wollte zaghaft andeuten, daß es ihn noch gab.
Immer Arbeit gehabt, fragte Barabbas, und schönes Geld verdient?
Auch das.

Und bleibst du diesmal länger am See?
Das kann man nicht wissen, das muß sich ergeben.
Maria brach das Brot und schenkte Wein ein.
Sie schwiegen.
Was redet man von ihm?
Die Menschen laufen ihm nach, jeder will ihn mal gesehen haben.
Hast du ihn auch gesehen?
Früher.
Diesmal nicht?
Nein.
Das sei alles sehr merkwürdig, meinte Barabbas.
Maria sagte: Wieso merkwürdig? Warum redet ihr nur so viel über ihn, und was geheimnist ihr alles in ihn hinein? Er zieht durch die Lande, predigt, macht fromme Sprüche, und das gefällt den Leuten.
So ist es nicht, antwortete Simon.
Wie ist es denn? Was will er? Was fordert er? Wofür setzt er sich ein? Bisher weiß ich nur, daß er von sich reden macht, daß die Leute ihm nachlaufen und daß er einen Lahmen geheilt hat. Wo ist der Lahme jetzt, wo läuft der heute herum? Kann es jemand beweisen, dieses Wunder? Es wird nur darüber geredet. Der eine hört dies, der andere das, der dritte erzählt es weiter, und was kommt am Ende dabei heraus? Heraus kommt eine wunderliche Geschichte, an der nichts mehr wahr und nahezu alles erfunden ist. So ist das nämlich, genau so.
So ist es nicht, sagte Simon.
Sondern?
Er habe, berichtete er, zwei Wochen lang bei einem reichen Mann gearbeitet, einem Großgrundbesitzer. Und

der habe weite Ländereien gehabt, die meisten in Pacht gegeben, und das zu einem Zins, den die Pächter nie und nimmer aufbringen konnten. Deshalb sei er in der ganzen Gegend verhaßt gewesen. Eines Abends nun gab er ein Fest, hatte seine Freunde eingeladen, alles reiche Leute wie er, an sich nichts besonderes, nur, auch Jesus ist zu diesem Fest gegangen, hat sich mitten unter die reichen Leute gesetzt und sich bewirten lassen.
Und die reichen Leute haben das einfach hingenommen?
Nicht nur das. Jesus ist nicht allein gewesen, wie immer hatte er seine Anhänger mitgebracht, dazu noch viel Gesindel, Diebe, Dirnen, Landstreicher, und die waren nun alle auf dem Fest, saßen mitten unter den Reichen, aßen und tranken mit denen, als wäre das so üblich...
Markus unterbrach ihn und sagte: Aber warum? Warum bringt er Gesindel mit? Warum haben die reichen Leute das zugelassen? Die hätten doch den Jesus mitsamt seinem Gefolge davonjagen können? Warum haben sie das nicht getan? Hatten sie keine Diener, keine Knechte, die ungebetene Gäste zu vertreiben? Hatten sie keine Hunde? Und wenn sie tatsächlich wehrlos gewesen sein sollten, warum haben sie den Jesus und sein Gesindel auch noch köstlich bewirtet? Seit wann werden aus Menschen, die ein Leben lang andere ausgebeutet und mit Füßen getreten haben, mir nichts dir nichts Menschen, die ein offenes Herz für die Armen haben? Glaubst du an so etwas? Meinst du im Ernst, irgend jemand wird dir eine solche Geschichte abnehmen?
So ist es aber geschehen, gab Simon zur Antwort, und wenn Simon das sagte, mußte es auch wahr sein, der

Simon redet nicht nur so daher, er wägt seine Worte ab, eine Lüge käme ihm nie über die Lippen, doch zwischen dem, was wahr ist, und dem, was man glaubt, liegen Abgründe, nur im Paradies ist der Glaube zugleich Wahrheit, die Wahrheit eins mit dem Glauben.
Maria sagte: Wenn ihn die Reichen schon Platz nehmen ließen an ihrem Tisch, warum nicht ihn allein? Warum überhaupt gibt er sich mit Dieben und Strolchen ab?
Das haben die Leute ihn auch gefragt, erwiderte Simon, und er hat ihnen geantwortet: Ich bin nicht gekommen, Gerechte zu rufen, sondern Sünder.
Du sprichst das aus, als wäre es etwas ganz besonderes.
Ist es das nicht?
Barabbas sagte: Vor allem ist es gefährlich. Wer Recht und Gerechtigkeit mißachtet und Gesetzesbrecher verteidigt, landet über kurz oder lang selber im Gefängnis.
Der nicht, erwiderte Simon, der hat bald das ganze Volk hinter sich. Der Staat wird sich hüten, ihm etwas anzutun.
Der Staat hütet die Gesetze, sonst nichts.
Und wenn er Wunder tut, wird er sich auch selber helfen können.
Simon wollte darauf antworten, aber er wußte keine Antwort. Wahrscheinlich muß man ihn selber gesehen, selber gehört haben, um an ihn zu glauben, eine andere Erklärung gibt es nicht.
Hast du denn schon gehört, was dem Krämer Judas passiert ist, fragte Maria.
Nein, was denn?
Sie erzählten es ihm.

14

Am See war wieder Ruhe eingekehrt, und Ruhe braucht der See, sie gehört dazu. Die meisten Menschen meinen, es lohne sich nur das Neue, das Außer- oder Ungewöhnliche zu erzählen, wenn nichts besonderes geschieht, halten sie das für normal, also nicht der Rede wert, doch in aller Regel verläuft das Leben normal, und wenn man sich darüber nichts zu sagen hat, worüber soll man dann überhaupt noch reden? Die Ehe des Tobiaswirtes und seiner zweiten Frau Lena ließ sich nicht gut an. Er selber meinte, die paar Unstimmigkeiten, die bisher aufgetreten seien, würden sich bald von selbst beruhigen; man muß einer Frau Zeit lassen, sich den Gewohnheiten des Mannes anzupassen, sie wird allmählich einsehen, was gut für sie ist und was nicht. Allerdings, wenn er mit ihr schlafen wollte, zierte sie sich immer noch, und es macht einem Mann wenig Spaß, mit einer Frau zu schlafen, die so tut, als gehe sie das alles nichts an. Darin, dachte Tobias, wird sie sich wohl nie ändern, es sei denn, er machte ihr ein Kind, und ein Kind wollte er nicht.

Lena hatte keinen Pfennig mit in die Ehe gebracht. Sie war froh gewesen, von zu Hause wegzukommen, zumal sie gar nicht mehr damit gerechnet hatte, daß sich ein Mann für sie noch interessieren würde. Das einzige, dem sie nachtrauerte, war ihre Katze; aber der Tobiaswirt konnte Katzen nicht leiden, er sagte, eine Katze komme ihm nicht ins Haus, passe nicht in eine Wirtschaft, außerdem habe er einen Hund, Lena solle die Katze zum Teufel jagen, und damit war der Fall erledigt.

Lena ging zum Brunnen, ließ den Wassereimer hinunter und spürte plötzlich, wie die Katze um ihre Beine strich. Das Tier war halb erschrocken, halb erstaunt, duckte sich, blickte mit großen, verängstigten Augen um sich, aber gleich darauf hob es den Kopf, als wolle es sich noch einmal vergewissern, ob es tatsächlich die Lena wiedergefunden habe, murrte, schnurrte, rieb seinen Buckel an Lenas Beinen, und ehe Lena begriff, daß ihre Katze sie gesucht und gefunden hatte, sah auch sie sich ängstlich um, griff die Katze, preßte sie an ihre Brust, rannte ins Haus, verriegelte die Tür hinter sich, horchte, küßte die Katze ab, wollte vor Freude weinen oder aus Furcht auflachen, es war dies einer der seltsamen seltenen Augenblicke, in dem das Gefühl sprachlos wird und zwischen Freude und Schmerz nicht mehr unterscheiden kann. Mag sein, daß der Mensch mit solchen Gefühlen sparsam umgehen und sie nicht an eine Katze verschwenden soll; Gefühle handeln dem Verstand und der Vernunft zum Trotz, und wer seine Gefühle zeitlebens unter Kontrolle hat, verliert nicht nur seine Menschlichkeit, er betrügt das Leben. Lena weinte, sie war überrascht, daß sie noch Tränen hatte.

Ihr erster Gedanke war, wo sie die Katze verstecken konnte. Kein Mensch durfte sie zu Gesicht bekommen, der Hund durfte sie nicht aufstöbern, und niemand durfte sie hören. Ein solches Versteck gibt es aber nicht, zumindest keines, das eine Katze aushielte; wer einer Katze die Freiheit nimmt, nimmt ihr das Leben, Mensch und Hund passen sich an. Lena dachte, sie müsse erst

einmal Zeit gewinnen, brachte die Katze auf den Dachboden, sperrte sie ein und ging hinunter in die Wirtsstube, um sauberzumachen.
Es war später Nachmittag, die Stühle und Schemel standen aufeinandergereiht, es roch nach Wein, Tabak und Männerschweiß. Lena hatte den Wassereimer am Brunnen stehen lassen, überlegte, ob sie den Fußboden heute nur trocken fegen sollte, aber das, dachte sie, würde den Tobiaswirt in Zorn versetzen, sie wollte ihm keinen Grund geben, sie wieder einmal zu schlagen, als plötzlich Krämer Judas hinter ihr stand und sagte: Bin ich zu früh?
Lena erschrak, hielt die Hand vor den Mund und sah den Judas entsetzt an.
Ist was? Hast du geweint?
Ich? Wie bist du nur hereingekommen?
Die Tür war offen.
So.
Wenn ich zu früh bin, gehe ich wieder.
Bleib nur.
Krämer Judas setzte sich an seinen Tisch und sah sie an. Sie war schön. Und sie hatte geweint, dessen war er sicher. Lena dachte an die Katze, brachte dem Krämer Wein und ging wieder zur Theke zurück. Sie wollte sich nicht neben ihn setzen; wenn sie mit Krämer Judas allein war, nahm er stets ihre Hände, streichelte ihr Haar, sah sie mit blassen Augen unentwegt an. Sie glaubte ihm auch nicht, daß die Wirtshaustür offen gewesen war.
Du hast doch geweint, sagte er.
Warum sollte ich weinen?
Manchmal braucht man dazu keine Gründe.

Sie gab keine Antwort.
Krämer Judas saß vor seinem Glas Wein, trank, dachte an seinen Sohn, an sein Geschäft, trank wieder, blickte vor sich hin, sah das Glas, den rot leuchtenden Wein, betrachtete seine Hände, dachte weiter, dachte wieder an seinen Sohn, an das Geschäft, an seinen Sohn, drehte dabei den Glasfuß hin und her, ließ ihn auf der Holztischplatte Kreise drehen, trank, bemerkte, als er das Glas wieder absetzen wollte, einen kreisrunden Weinstreifen auf dem Tisch, wischte ihn mit dem Rockärmel ab, stellte das Glas genau auf jene Stelle, wo der Weinring gewesen war, dachte an seinen Sohn, an das Geschäft, an das Leben überhaupt und wie einen das Leben trifft oder überfährt oder niederschlägt und, sagte er, du darfst nicht weinen, Lena, versprichst du mir das?
Weißt du Neues von der Mutter des Johannes, fragte Lena.
Neues nicht.
Aber auch nichts Gutes.
Das Neue ist selten gut, verstehst du? Und seit dem Überfall, sagen die Leute, sei die Frau nicht mehr ganz richtig im Kopf.
Das habe ich auch gehört, antwortete Lena, brachte Krämer Judas ein zweites Glas Wein, und je länger sie darüber nachdachte, desto klarer wurde ihr, daß es für die Katze gar kein Versteck gab.
Verstehst du das, fragte Krämer Judas.

Verstehen? Nein. Man hat sie zusammengeschlagen, und nun ist sie verrückt geworden. Ob man das versteht oder nicht versteht, ist doch gleichgültig.

Siehst du, genau das meine ich. Die Leute sagen nicht, die Frau sei verrückt geworden; die Leute sagen, sie sei nicht mehr richtig im Kopf.
Und weiter?
Wie viele Richtigkeiten hat denn der Mensch in seinem Kopf? Wie viele Richtigkeiten muß er denn haben, damit man ihn für normal hält, und wie viele Unrichtigkeiten darf er denken und sagen, ehe man ihn für verrückt erklärt?
Lena wußte darauf keine Antwort, und sie wollte auch keine wissen. Das sind Wirtshaussprüche, die man am besten überhört, sonst gibt's nur Widerspruch und Streit.
Begreifst du, was ich meine, fragte Krämer Judas.
Lehrer Barabbas kam, grüßte, setzte sich neben Krämer Judas, der weiterredete und zu Lena sagte: Die Köpfe sind verschieden und somit auch die Richtigkeiten.
Worüber redet ihr, fragte Lehrer Barabbas.
Über die Mutter des kleinen Johannes.
Die ist wahrlich genug gestraft.
Hast du etwas gehört?
Ich habe mit ihr gesprochen. Sie saß vor meiner Haustür und döste vor sich hin. Ich sagte: Willst du zu mir? – Nein, erwiderte sie, sie betrete kein Haus mehr. – In jedem Haus sitze der Teufel hinterm Ofen und bringe die Menschen auf schlechte Gedanken. – Ich fragte: Woher willst du das denn wissen? – Und sie erwiderte: Ich bin doch längst tot, Lehrer, hast du das schon vergessen? – Du bist tot? Du sitzt doch vor meiner Haustür und redest mit mir. – Sie lachte, schüttelte den Kopf, lachte noch einmal, sagte: Mein Gott, mein Gott, wie kann man nur

so dumm daherschwätzen? Ich bin tot und rede mit dir. Hast du noch nie mit einem Toten gesprochen? In welcher Zeit lebt ihr eigentlich? Geh wieder hinein und sieh hinter deinem Ofen nach. Und dann sag mir, ob du dort nicht den Teufel gesehen hast. – Ich antwortete: Schon gut, ich glaube dir auch so, wie lange bist du denn schon tot? – Wie lange? Das geht dich nichts an. Und ich sag es dir nicht. Ich sag dir nicht, wie lange ich schon tot bin, weil es dich nichts angeht. – Also, erwiderte ich, dann laß mich jetzt vorbei, ich habe noch etwas zu erledigen. – Erst gehst du in dein Haus und schaust nach, ob sich dort der Teufel versteckt hat. – Sieh doch du nach! – Nein, nein, um Himmels willen, mich darf der Teufel nicht sehen, Lehrer, der schickt mich doch sofort wieder zurück! – Wohin? – In mein Grab. Wohin sonst? – Und das willst du nicht? – Natürlich nicht. Wer will schon in sein Grab zurück?

Krämer Judas fragte: Und wie bist du sie losgeworden?

Was sollte ich tun? Ich bin ins Haus gegangen, habe einen Augenblick gewartet, und als ich wieder zurückkam, sagte ich: Bei mir ist der Teufel nicht.

Nicht? Er ist nicht bei dir? Dann ist er nebenan oder unten am See und beim Markus auf dem Kahn. Obwohl er meistens hinterm Ofen sitzt. Und jetzt muß ich gleich fort, Lehrer, ich muß die Menschen warnen, sie gehen immer in ihre Häuser und wissen nicht, daß der Teufel bei ihnen ist, aber man muß es ihnen doch sagen, verstehst du, einer muß es ihnen doch sagen ...

Sie schwiegen.

Lena schenkte aufs neue Wein ein, sagte, sie komme gleich wieder, ging in die Küche, schnitt ein Stück Fleisch ab, brachte es auf den Dachboden, hockte sich neben die Katze, streichelte sie und sah zu, wie sie gierig fraß.

15

Ob es mit dem Geschäft wieder aufwärtsgehe, wollte Lehrer Barabbas wissen.
Man müsse zufrieden sein, meinte der alte Judas.
Die Wirtsstube war noch immer leer, und der Tobiaswirt hatte heute seinen freien Tag. Einmal in der Woche wolle er mal andere Gesichter sehen, sagte er, und es war ihm gleichgültig, wie die Gäste darüber dachten.
Am See rede man, der alte Judas käme nicht nur des Weines wegen zum Tobiaswirt, sagte Lehrer Barabbas.
Nicht? Wegen was sonst?
Nun, da sei ja auch noch die Lena.
Ja, erwiderte Krämer Judas, die Lena gefalle ihm, und was daran verboten sei?
Nichts. Natürlich nicht. Wenn die Leute nicht mehr wissen, worüber sie reden sollen, schaffen sie sich Gerüchte.
Was die Leute redeten, interessiere ihn nicht, erwiderte Judas, schließlich seien sie von ihm abhängig und nicht er von ihnen.
Das sage sich leicht dahin. Nur, wenn die Leute nicht mehr kämen, müsse er seinen Laden schließen, und dann?
Was dann? Dann sollten sie nur zusehen, woher sie ihr Brot, ihr Fleisch und ihr Geld bekämen, und er wäre nicht der alte Judas, wenn er nicht beizeiten vorgesorgt hätte, das würde man ja noch sehen.

Er trank.
Lena war zurückgekommen und brachte neuen Wein.
Die Leute reden über uns, Lena. Hast du das gewußt, fragte Judas.
Was reden die?
Sie sagen, ich machte dir schöne Augen.
Wenn der Tobiaswirt das hört, bringt er dich um.
Es werden mehr Menschen durch Gerüchte als durch Mörderhand umgebracht, erklärte Lehrer Barabbas.
Lena sagte: Vielleicht redet ihr mal über etwas anders, und ging wieder hinaus. Sie hatte Angst. Wenn der Tobiaswirt davon erführe, würde er sie blutig schlagen oder davonjagen, und Lena wußte nicht, wovor sie sich mehr fürchtete.
Was denkst denn du wirklich über meinen Sohn, fragte der alte Judas.
Da kann man nur Vermutungen anstellen.
Und welche Vermutung hast du?
Das ist schwer zu sagen, weißt du. Auch eine Vermutung will überlegt sein.
Zum Überlegen hattest du doch Zeit genug, oder? Soll ich dir etwas sagen? Du bist feige. Du traust dich nicht, mir deine Meinung zu sagen. Das ist es.
Warum sollte ich mich nicht trauen? Wir kennen uns von Kindheit an, Judas, vergiß das nicht.
Dann sag, was du denkst.
Lehrer Barabbas schwieg. Es gibt viele Arten des Schweigens; hinter dem Schweigen des Barabbas verbarg sich der Wunsch, plötzlich unsichtbar zu werden.
Also sage ich es dir: Mein Sohn Judas ist entweder bei den A. L.-Leuten gelandet, und der kleine Johannes hat

ihn tatsächlich auf dem Friedhof gesehen. Oder der kleine Johannes hat sich getäuscht, und dann ist mein Sohn tot.
Was redest du denn da, es gibt noch viele andere Möglichkeiten.
Bei der A. L., sage ich, oder tot. Und weißt du, was mir lieber wäre? Muß ich es sagen? Lieber wäre mir, daß er tot ist.
Aber Judas! So etwas darfst du nicht sagen, ich bitte dich.
Gestorben ist er so oder so. Für mich jedenfalls. Und wenn er tot ist, kann er zumindest keine Schande mehr über mein Haus bringen.
Lehrer Barabbas schwieg wieder.
Nun trink mal dein Glas leer, forderte Judas. Und dann reden wir von etwas anderem.
Der alte Barabbas meinte, man müsse auch etwas Verständnis haben für die heutige Jugend, so schlecht, wie sie gemacht werde, sei sie nun auch wieder nicht, und es gebe sogar gewisse Punkte, wo man von ihr lernen könne.
Welche?
Sie traue sich, Kritik zu üben.
Das mußt ausgerechnet du sagen! Du hast ein Leben lang von deinen Schülern verlangt, daß sie dir gehorchen. Von Kritik war da nie die Rede.
Trotzdem zeuge Kritik von einer gewissen Intelligenz, sie setze immerhin voraus, daß ein Mensch sich mit den Dingen, die ihn beschäftigen, auseinandersetze.
Und was sind das für Dinge? Raubüberfälle? Revolutionen? Mord und Totschlag? Meinst du solche Dinge?

Kritik kann man an allem üben, und nicht jede Kritik führt zu Gewalttaten.
Hast du gerade gesagt, Kritik könne man an allem üben? Waren das deine Worte? Dann hast du den Nagel auf den Kopf getroffen. Denn diese Generation übt tatsächlich Kritik an allem, an allem und jedem, nur, was sie anders machen will, was sie besser machen könnte, das sagt sie nicht, da schweigt sie sich aus. Soll ich dir etwas sagen? Diese Generation hat die Kritik erst richtig erfunden, für sie ist Kritik Selbstzweck, ein Wert in sich. Von einem aber hat sie keine Ahnung: von der Selbstkritik.
So habe er früher auch geredet, sagte Lehrer Barabbas.
Und warum redest du jetzt nicht mehr so? Hast du mal eben deine Meinung geändert, deine Überzeugungen über Bord geworfen? Und was eigentlich sagt dein Gott dazu? Hält der noch immer zu dir? Macht es ihn nicht ein bißchen verdrießlich, daß er mitansehen muß, wie diese Generation ihn bis zur Verleugnung unentwegt kritisiert?
Sie wissen nicht, was sie tun.
Sie wissen vor allem nicht, was sie wollen. Sie wollen es anders. Aber warum und wie? Und was soll dabei herauskommen?
Auch wir waren anders als unsere Eltern, meinte Barabbas. Jede Generation hat ihre Probleme.
Probleme? Welche Probleme hat diese Generation denn? Ich sehe nur eins: Erst mal alles zerstören und abwarten, was daraus wird. Das ist deren Problem. Für mich ist das Unfug.
Bisher ist die Welt noch nicht stehengeblieben, und jede Generation hat ihre Wunschvorstellung, auch diese.

Schöne Wünsche, wahrlich. Als wir jung waren, du und ich, wünschten wir uns Glück, Gottes Segen, ein bißchen Geld und Frieden. Das war's dann auch.
Und hat sich nicht geändert. Die heutige Generation wünscht sich dasselbe.
Ach, du lieber Gott! Wünscht sie sich das? Sieh' mal an! Sie will also Glück, indem sie alles bisherige Glück zerstört. Sie will Gottes Segen, indem sie Gott für tot erklärt. Und sie will den Frieden, indem sie auf alles einschlägt, das anderer Meinung ist als sie. Und du, Barabbas, hältst das anscheinend für ganz normal. Sag' mal, spinnst du heute oder was sonst ist in dich gefahren?
Ich bemühe mich, gerecht zu sein.
Du bist nie gerecht gewesen, laß dir das von mir gesagt sein. Du warst dein Leben lang davon überzeugt, daß deine Meinung auch Gottes Meinung ist. Und plötzlich kippst du um? Plötzlich willst du dein ganzes Leben nicht mehr wahrhaben? Und warum? Möchtest du noch kurz vor deinem Tod ein paar barmherzige Bemerkungen ablegen? Ist es das?
Der alte Barabbas zögerte mit einer Antwort, und das widerfuhr ihm nicht oft. Vielleicht, dachte er, habe er sich wirklich verändert. Vielleicht war er, als er das Wirtshaus betrat, noch ein ganz anderer als der, der er jetzt ist? Ist so etwas möglich? Bei Gott sei alles möglich, hatte Barabbas gelernt und gelehrt, Gott setzt Zeichen und Wunder, und ob der Mensch sie versteht und verstehen will, ist nicht mehr Gottes Sache.
Barabbas dachte an den kleinen Johannes und dessen Mutter. Warum mußte ausgerechnet sie die Strafe Gottes

treffen? Durch welchen Gedanken, welche Tat hatte gerade diese Frau Gott erzürnt? Gottes Wille geschieht, daran gibt es keinen Zweifel, aber darf der Mensch nicht einmal fragen, warum Gott es so und nicht anders geschehen läßt? Früher, dachte Barabbas, hatte er solche Fragen erst gar nicht in sich aufkommen lassen. Gott ist Gott, und der Mensch hat sich dem Willen Gottes zu beugen. Ist es so? Darf der Mensch solche Fragen haben, ohne aus der Gnade Gottes entlassen zu werden. Wenn aber Gott sich solche Frage verbittet, kann er nicht die Antwort geben, sondern nur das Gesetz. Ist das seine Absicht? Hoffentlich, dachte Barabbas, setzen sich solche Gedanken nicht fest, und er betete zu Gott, daß er morgen wieder ganz der alte Barabbas sein möge.
Judas fragte: Bist du verstummt? Bereust du deine dummen Sprüche von vorhin?
Wie spät ist es denn?
Für ein Streitgespräch mit dir, ist es mir nie zu spät, oder willst du jetzt kneifen?
Ich will nach Hause.
Du willst nur nicht die Wahrheit hören.
Wahrheit? Was ist das? Die Wahrheit ist bei Gott, und kein Mensch wird je dahinterkommen, was Wahrheit ist.
Wahrheit ist, daß ich meinen Sohn verloren habe. Aber warum ich ihn verloren habe, dahinter kann kein Gott kommen, nicht einmal deiner.
Lehrer Barabbas trank sein Glas leer und stand auf. Die Wahrheit ist überall, sagte er, der Mensch braucht nur zuzulangen.
Dann lange ich permanent daneben, erwiderte Judas.

Lena sagte: Du trinkst jetzt dein Glas aus, Krämer Judas, und gehst schön brav nach Hause.
Ich habe aber meinen Sohn verloren, Lena, verstehst du das? Und wer seinen Sohn verliert, braucht viel, viel Liebe. Mein Sohn ist ja nicht einfach verschwunden, nicht bloß verunglückt, man hat ihn nicht einmal eingesperrt, und richtig gestorben ist er auch nicht, nein, er ist verlorengegangen, verstehst du? Und weißt du, was daran so schlimm ist? Schlimm daran ist, daß du, solange du lebst, niemals Gewißheit hast. Wenn einer verschwindet, kommt er vielleicht wieder zurück; wenn einer verunglückt, kannst du seinen Körper nehmen und ihn heimtragen; wenn einer im Gefängnis sitzt, darfst du ihm vielleicht ein Stück Brot bringen und ihm sagen, daß du ihn trotz allem gern hast; wenn einer tot ist, gehst du zum Grab und betest für ihn. Wenn aber einer verloren ist, dann hast du nur Hoffnung, solange du ihn suchst, danach hat es ihn nicht gegeben, hat er nie existiert, du hast etwas gezeugt, geliebt, großgezogen, das es nie gegeben hat, verstehst du?
Dich verstehe ich immer, antwortete Lena, und Barabbas sagte: Komm jetzt, Judas, wir gehen nach Hause.
Lena ging auf den Dachboden, streichelte die Katze und schlief darüber ein.

16

Der Winter war kurz und mild gewesen. Der alte Mann mit dem Esel hatte wieder nach Arbeit gefragt, aber im Winter wissen die Leute vom See oft selber nicht, wie sie die langen Abende verbringen sollen, und der alte Mann war wieder abgezogen. Die Mutter des Johannes ging noch immer von Haus zu Haus und verkündete, der Teufel sitze neben dem Ofen und trage schlechte Gedanken in die Köpfe der Menschen. Von ihrem Sohn wollte sie nichts mehr wissen; nie im Leben habe sie einen Mann und schon gar nicht ein Kind gehabt, die Leute vom See sollten ihre Zunge zügeln und besser auf den Teufel in den eigenen vier Wänden achten. Lenas Katze war davongelaufen; sie kam nur noch gelegentlich vorbei, wenn niemand in der Nähe war, und Lena gab ihr heimlich zu fressen. Katzen erlauern sich ihre Freiheit, der Mensch begreift das nicht. Judas hatte mehrere Briefe an seinen Vater geschrieben, doch keinen davon abgeschickt. Die A. L. ging ihren Weg weiter. Die Motivation dürfe nicht nachlassen, hatte Andreas gesagt, man müsse sie ständig erproben. Doch welcher Mensch steht das durch? Die meisten Menschen werden nie motiviert, obschon sie ein Leben lang darauf gewartet haben, und doch erfahren auch sie, was Glück, Liebe und Friede bedeuten, und wenn sie sterben, war ihr Leben, zumindest für sie selber, lebenswert gewesen, auch wenn die Motivierten das bestreiten. Im Frühjahr wollte Markus um die Hand der Maria anhalten. Barabbas hatte zwölf Schafe dazubekommen, teils aus eigener Zucht, teils als Geschenk des kleinen Johannes, der nicht wußte, was er mit den Tieren seines Vaters anfangen sollte. Der Winter war kurz und mild gewesen.

17

Die Verhaftung kam völlig überraschend. Andreas gab gerade seine Instruktionsstunde; auf der Tagesordnung stand das ›Projekt P.‹, und hinter ›Projekt P.‹ verbarg sich der Plan, einen hohen Richter und Freund des Pilatus zu beseitigen. Der Name des Richters wurde nicht genannt, nur Andreas kannte ihn. Offensichtlich wollte Andreas damit seine Führungsrolle hervorkehren, doch die absolute Verschwiegenheit in der Gruppe hatte natürlich auch System. Bei einer Verhaftung und der damit verbundenen Folter hätte der einzelne zwar das Projekt beschreiben, nicht aber bestimmte Personen benennen können. Die Staatspolizei ließ bekanntgeben, sie habe den Kern der A. L. unschädlich gemacht; gemeint waren damit Andreas, Judas und der Elias. Marta war bei dem Anschlag in der Stadt gewesen und Malchus, der in einem gegenüberliegenden Hauseingang die Straße beobachten sollte, hatte die anstürmenden Polizisten erst bemerkt, als sie schon ins Haus drangen. Für jede Warnung war es zu spät. Malchus konnte entkommen.

Sie saßen in Einzelhaft. Von den Protokollen, die die Staatspolizei über die Verhöre anfertigte, sind nur die des Judas aufbewahrt worden; man hätte sie beim Prozeß vorlegen müssen. Sie sind nach Vernehmungstagen geordnet, und Judas hat nach seiner Freilassung behauptet, die Protokolle seien unvollständig und gefälscht.

Doch die Leute glaubten ihm nicht. Es war nämlich ein Gerichtsberichterstatter an den See gekommen, ein Mann namens Karalus, der bei den Verhören als Schriftführer tätig gewesen war und später den Dienst quittiert hatte. Er hatte eine Abschrift der Protokolle mitgehen lassen und Lehrer Barabbas gezeigt. Waren sie echt? Wahr? Die meisten Wahrheiten sind nicht zu beweisen, aber eine Wahrheit ist, daß die Leute vom See den Judas ausgestoßen haben, und Ausgestoßene haben sämtliche Wahrheiten der Welt auf ewig verloren.

Verhör des Judas. Erster Tag

Stapo: Ehe du antwortest, wollen wir dir sagen, was wir wissen. Uns ist bekannt, daß du noch nicht lange bei der A. L. bist. Du warst an keiner Aktion beteiligt. Du kannst also lediglich angeklagt werden wegen Vorbereitung eines Raubüberfalles auf das Geschäft deines Vaters. Selber daran teilgenommen hast du nicht. Ist das richtig?
Judas: Ja.
Stapo: Du hast also die Chance, noch rechtzeitig auszusteigen. Es ist deine letzte und auch deine einzige. Was sagst du dazu?
Judas schweigt.

Unterbrechung. Im Protokoll heißt es: Da der Inhaftierte schweigt, wird er abgeführt.
Man brachte Judas in seinen Kerker zurück, dort ist er gefoltert worden. Judas hat das nach seiner Freilassung

selber erzählt, und der Gerichtsberichterstatter Karalus hat es bestätigt. Über die Methoden der Folter haben sie sich nie geäußert, sie hatten Angst.
Im Protokoll heißt es: ... schweigt. Unterbrechung.

Stapo: Ich fange noch einmal an. Wir wissen, daß wir dir nichts nachweisen können. Wir haben sogar Beweise dafür, daß du an dem Überfall auf das Geschäft deines Vaters gar nicht beteiligt warst. Bis auf ein paar Kleinigkeiten bist du somit unschuldig. Ist das richtig?
Judas. Ja.
Stapo: Also könntest du uns helfen.
Judas schweigt.
Stapo: Hast du nicht gehört? Ich frage: Willst du uns helfen?
Judas schweigt.
Unterbrechung.

Stapo: Du bist doch der Judas vom See.
Judas: Ja.
Stapo: Siehst du, das geht ja schon besser. Wenn du immer schön antwortest, geht es dir bei uns richtig gut. Verstehst du?
Judas schweigt.
Stapo: Fein. Und du kapierst schnell. Das gefällt mir an dir.
Judas schweigt.
Stapo: Ich habe gesagt: Du kapierst schnell. Und wenn ich sage: Du kapierst schnell, dann ist das ein Kompliment für dich. Und was tut man, wenn man ein Kompliment bekommt? Man erwidert es. Ist es nicht so?

Judas: Ja.
Stapo: Na also. Kannst du mit dem Namen ›Marta‹ etwas anfangen?
Judas: Ja.
Stapo: Und vielleicht sagt dir der Name ›Malchus‹ auch etwas?
Judas: Ja.
Stapo: Fein. Dann sag uns auch mal, wo die jetzt sind.
Judas schweigt.
Unterbrechung.

Stapo: Du bist heute nicht sehr gesprächig. Aber das wird sich geben. An deiner Stelle hätte ich längst mal gefragt, warum wir dich für unschuldig halten und woher wir wissen, daß du trotz dem gemeinen Überfall auf den eigenen Vater deine dreckigen Hände auch noch in Unschuld waschen kannst. Das, siehst du, würde mich interessieren, wenn ich an deiner Stelle wäre. Also frag mich jetzt mal, woher wir das wissen.
Judas schweigt.
Stapo: Siehst du, das finde ich so unschön an dir. Ich bitte dich, mir einen Gefallen zu tun, und was tust du? Du schweigst. Schade. Wirklich schade.
Judas: Woher...
Stapo: Ich danke dir. Von Herzen danke ich dir. Woher, fragst du. Und zu Ende gedacht, müßte der Satz wohl lauten, woher wir wissen, daß du nicht Hand an deinen eigenen Vater gelegt hast. Wäre das deine Frage gewesen?
Judas schweigt.
Unterbrechung.

Stapo: Wolltest du nicht etwas fragen?
Judas: Ja.
Stapo: Dazu hast du nun Gelegenheit. Im Kerker bist du doch immer so allein. Da hast du niemanden, der mit dir redet. Da hast du es hier doch viel netter. Richtig gemütlich.
Judas: Bitte, mein Vater...
Stapo: Sprich dich nur aus. Was ist mit deinem Vater?
Judas schweigt.
Stapo: Ich mache dir ein Angebot, dir zuliebe. Ich gebe dir die Antwort, obwohl du mich gar nicht gefragt hast. Wie findest du das? Ist das nicht nett von mir?
Judas schweigt.
Stapo: Ob das nett von mir ist?
Judas: Ja.
Stapo: Danke. Und jetzt hör mal gut zu. Wir haben alle Leute vom See verhört. Und die waren alle lieb zu uns und ganz anders als du. Fangen wir mit deinem Vater an: Der hat das nicht so ganz kapiert, was da in seinen Sohn gefahren ist, und dafür muß man ja auch Verständnis haben, findest du nicht?
Judas schweigt.
Stapo: Na gut, macht nichts. Jedenfalls war dein Vater ein bißchen durcheinander, der fand das nicht in der Ordnung, daß sein Sohn so plötzlich zum Verbrecher geworden ist. Das war dem richtig peinlich. Und er war auch ganz dagegen, ehrlich, verstehst du das?
Judas: Ja.
Stapo: Und die waren eigentlich alle dagegen, die Leute vom See, dein Vater, der Lehrer, der Wirt, deine Schwester. Nur eine alte Frau hat steif und fest behauptet, du

seist gar nicht verschwunden, du seist immer noch am See, säßest hinter einem Ofen und hättest dich als Teufel verkleidet. Was meinst du dazu? Ist das nicht komisch?
Judas schweigt.
Stapo: Ich nehme dir die Antwort ab. Du bist kein Teufel. Zum Teufel fehlt es dir an Format. Du bist bloß der Judas vom See. Aber weißt du was? Der Judas vom See bist du die längste Zeit gewesen. An den See kannst du nicht mehr zurück. Die mögen dich da nicht mehr. Die können dich partout nicht mehr leiden. Stell dir das vor! Die wollen dich steinigen, kreuzigen, was weiß ich. Alles ganz schlimme Dinge. Aber so sind die Leute eben. Kein Verlaß auf sie. Da ist doch auf uns wahrhaftig mehr Verlaß. Da bieten wir dir doch ganz andere Möglichkeiten. Und eine davon kann ich dir sofort anbieten: Du kennst die Marta, und du kennst den Malchus. Das hast du ja schon zugegeben. Und nun möchten wir das ganz gern noch einmal hören. Also, kennst du die beiden?
Judas schweigt.

Unterbrechung.

Stapo: Mein Gott, hat dir jemand wehgetan? Du blutest ja. Tatsächlich, dein Gesicht ist gar nicht mehr schön. Aber das muß ein Versehen sein. Dich hat doch keiner geschlagen? Du bist gestolpert, mit der Stirn zufällig an die Kerkermauer gekommen. Oder willst du zu Protokoll geben, daß dich jemand geschlagen hat?
Judas: Nein.
Stapo: Du gefällst mir immer besser. Mit Leuten, die die Wahrheit sagen, kommt man doch stets am weitesten. Und die Wahrheit willst du doch auch?

Judas: Ja.

Stapo: Fein. Kehren wir noch einmal zurück in deine schöne Heimat. Da bist du nämlich von einem Jungen gesehen worden. Und weißt du, wo? Nein? Auf dem Friedhof. Und weißt du, wann das war? Das weißt du auch nicht? Aber wir. Wir wissen, daß du auf dem Friedhof warst genau zu dem Zeitpunkt, als der Überfall stattgefunden hat. Du warst doch auf dem Friedhof?

Judas: Ja.

Stapo: Am Grab deiner Mutter?

Judas: Ja.

Stapo: Die Frau hat es gut. Der tut nichts mehr weh. Ehrlich, wenn die wüßte, was aus ihrem Sohn geworden ist.

Judas schweigt.

Stapo: Viel redest du gerade nicht. Und wenn du sagst, du seist auf dem Friedhof gewesen, so muß man sich doch fragen, ob man dir überhaupt glauben kann? Warum eigentlich? Immerhin bist du kriminell. Immerhin planst du Mord und Totschlag und willst den gesamten Staat aus den Angeln heben, das mußt du doch zugeben.

Judas schweigt.

Stapo: Ob du das zugibst?

Judas: Ja.

Stapo: Siehst du, wenn du bei der Wahrheit bleibst, hast du bei uns ein Leben wie im Lande Kanaan. Oder willst du das bestreiten?

Judas: Nein.

Stapo: Und damit du siehst, was wir für nette Leute sind, sagen wir einfach: Wir glauben dir. Wir glauben, daß du auf dem Friedhof gewesen bist und mit dem Überfall nicht das geringste zu tun hattest. Du mußt zugeben, das das nett von uns ist.

Judas: Ja.

Stapo: Aber nett ist man natürlich nur zu Leuten, die Nettigkeiten auch zu würdigen wissen. Und eine Nettigkeit von dir wäre es, uns zu sagen, wo die Marta und der Malchus jetzt wohl sein könnten.

Judas schweigt.

Stapo: Wenn du immer schweigst, wirst du alsbald wieder irgendwo hinfallen. Und diesmal vielleicht in Glasscherben oder in ein paar zufällig umherliegende Glüheisen. Und das wäre doch schade.

Judas schweigt.

Stapo: Hast du die Frage nicht verstanden? Du wolltest so nett sein, uns zu sagen, wo wir deine beiden Kumpane erwischen können.

Judas schweigt.

Unterbrechung

Stapo: Allmählich siehst du richtig schlimm aus. Du tust mir von Herzen leid. Dabei kann ich so schlecht Blut sehen. Blut, weißt du, ist immer schlecht. Das fängt mit der Menstruation an und hört auf mit der Kreuzigung. Schlimm, sage ich dir. Aber was will man machen? Die Weiber können nichts dafür, und die Gekreuzigten kriegen die Bluterei gar nicht mehr richtig mit. So ist das. Mit dir ist das natürlich etwas anderes. Du bist weder ein Weib noch hat irgend jemand die Absicht, dich zu kreuzigen. Dich schlägt man allenfalls tot, so ganz aus Versehen, weißt du. Oder man steinigt dich. Man steinigt dich wegen versuchten Mordes an deinem leibhaftigen Vater. Was sagst du dazu? So etwas geschieht nicht alle Tage, mit so etwas gehst du in die Geschichte ein, und am See machen sie eine Gedenktafel für dich: Judas, der Vatermörder, gesteinigt allhier. Wie? Gib Antwort! Paßt dir das nicht?

Judas: Nein.

Stapo: Also, wo sind deine Kumpane? Sind sie noch in der Stadt? Haben sie ein Ausweichquartier? Haben sie sich getrennt, um einzeln ihr dreckiges Heil zu suchen? Welche Order haben sie? Wie sehen sie heute aus? Welche Kleidung tragen sie? Welche Gewohnheiten haben sie? Nun? Das sind doch wirklich zu viele Fragen auf einmal, und wenn du, genau wie ich, so schlecht Blut sehen kannst, dann würde ich mir an deiner Stelle irgendeine Frage herauspicken und sie schnell beantworten. Wie findest du das? Eine winzige Antwort mit einem ganz kleinen Hinweis. Was hältst du davon?

Judas schweigt.

Unterbrechung.

Stapo: Die Frage ist dir bekannt. Was ist deine Antwort?

Judas schweigt.

Stapo: Kriege ich eine Antwort? Kriege ich keine?

Judas schweigt.

Unterbrechung.

Stapo: Die Frage ist bekannt. Was ist deine Antwort?

Judas schweigt.

Stapo: Kriege ich eine Antwort? Kriege ich keine?

Judas schweigt.
Stapo: Ich wiederhole die beiden Fragen einzeln und beginne mit Frage zwei: Kriege ich *keine* Antwort?
Judas schweigt.
Stapo: Fein. Bleibt also Frage eins: Kriege ich eine Antwort?
Judas: Ja.

Verhör des Judas. Dritter Tag

Stapo: Hattest du eine ruhige Nacht?
Judas: Ja.
Stapo: Irgendwelche Beschwerden?
Judas: Nein.
Stapo: Wenn ich dich richtig verstehe, geht es dir also gut?
Judas: Ja.
Stapo: Das freut mich für dich. Und du hast uns doch gern geholfen, ist das richtig?
Judas schweigt.
Stapo: An deiner Stelle würde ich nicht zu oft schweigen. Das paßt nicht zu dir, ist so gar nicht deine Art. Und uns gefällt es überhaupt nicht, siehst du das ein?
Judas: Ja.
Stapo: Fein. Und weil du heute so gesprächig bist, will ich dir einen Gefallen tun. Da kannst du dich mal ausschweigen. Da brauchst du nur zuzuhören. Ich lese dir das Protokoll vor, und nachher sagst du nur, daß es dir gefallen hat.
Judas schweigt.

Stapo: Es wird dir doch gefallen?
Judas schweigt.
Stapo: Also, da bin ich ganz sicher. Mach's dir gemütlich und hör mir zu. Das Protokoll ist völlig korrekt und hat einen richtig guten Vorzug. Weißt du, welchen? Es steht auf der Seite des Rechts. Und wer das Recht auf seiner Seite hat, der handelt auch rechtens, ist doch logisch, oder? Wenn wir aber rechthaben, hast du natürlich unrecht, und wer unrecht hat, ist gegen die Gesetze. Ich könnte dich jetzt fragen, ob dir das einleuchtet, aber ich lasse es. Es wäre ja möglich, daß du wieder schweigst, und das möchte ich eigentlich nicht. Ich möchte dich ein bißchen hierbehalten und nichts als plaudern mit dir. Halten wir also fest, daß wir rechthaben und du unrecht, daß die Gesetze für uns sind und somit gegen dich, also bleibt als Fazit: Die Macht gehört uns, sie steht uns zu, weil wir dem Recht und den Gesetzen dienen. Und diese Macht üben wir aus. Ihr, deine Kumpane und du, ihr wolltet eine recht- und gesetzlose Macht. Eine recht- und gesetzlose Macht darf es aber nicht geben, weil sie ohne Berechtigung ist, und eine Macht ohne Berechtigung ist pure Gewalt. Nun übt ja auch der Staat Gewalt aus, das mußt du trotz guter Behandlung bei uns zugeben, doch diese Staatsgewalt basiert auf einer Vollmacht, und die Ausübung dieser vollen Macht ist die eigentliche Funktion des Staates. Der Staat ist dazu da, gestützt auf das Recht, für die Befolgung der Gesetze zu sorgen. Darin liegt seine Vollmacht, nicht etwa seine Gewalt. Der Staat wendet zwar auch Gewalt an, er steckt Leute ins Gefängnis oder läßt sie hinrichten, doch er handelt dabei nach den Prinzipien einer höheren übergeordneten Macht,

also mit rechtskräftigem Gewissen. Selbstverständlich hat auch der Mensch ein Gewissen, zumindest ist das von Gott so vorgesehen. Aber dieses Gewissen ist eben nur am einzelnen Menschen orientiert, jedes Einzelgewissen wurschtelt so vor sich hin, ohne Prinzip, ohne Ordnung, ohne System. Wenn das Gewissen des Einzelnen irgendwelche Bedeutung hätte, müßte jeder Mensch seinen eigenen Staat haben, und wenn jeder Mensch sein eigener Staat wäre, müßte er sich ja selber anklagen, verteidigen, verurteilen und womöglich noch hinrichten. Das kann man ihm aber nicht zumuten. Das bringt doch kein Mensch fertig. Und was am wichtigsten ist: Der Mensch will das auch gar nicht. Er will, daß ihm jemand sein Gewissen abnimmt, ihm sagt, was er zu denken, zu reden und zu tun hat, und dazu braucht er den Staat. Der Staat sammelt die vielen Einzelgewissen ein, bündelt sie und faßt sie zusammen in die Gesetze. Wer sie befolgt, muß zwar hin und wieder etwas tun, das ihm nicht in den Kram paßt, doch er kann das mit reinem Gewissen tun, weil der Staat die Summe aller Gewissen ist, also den höheren Anspruch und das größere Recht hat. Hörst du mir auch zu?

Judas: Ja.

Stapo: Wie findest du meine Argumentation?

Judas schweigt.

Stapo: Wenn du sie nicht gut findest, kannst du das getrost sagen, wir sind ja keine Unmenschen.

Judas schweigt.

Stapo: Vielleicht wird dir unser Gespräch zu anstrengend, vielleicht möchtest du ein wenig darüber nachdenken und wünschst eine kleine Unterbrechung?

Judas: Nein.
Stapo: Du kannst das jederzeit haben, so ist das nicht.
Judas schweigt.
Stapo: Wenn du aber bleiben willst, mache ich dir einen Vorschlag. Ich schlage dir vor, daß du mich fragst, wo bei all der Macht, all den Gesetzen, all der Gewalt und dem übermächtigen Staat die Gerechtigkeit bleibt. Das wäre, denke ich, eine gute Frage. Würdest du mir den Gefallen tun und danach fragen?
Judas: Ja.
Stapo: Danke. Ich wiederhole, es ist eine gute Frage, schon deshalb, weil sie so schwer zu beantworten ist. Wer nämlich, wie ich, den Auftrag hat herauszufinden, was wahr und was nicht wahr ist, der kommt alsbald dahinter, daß die schwierigsten Fragen stets die sind, für die es keine logische Antwort gibt. Was nämlich ist logisch? Logisch ist der Staat. Er ist eine Art Gemeinwesen für viele Menschen, die ordnungsgemäß leben wollen. Ohne den Staat könnten sie das nicht, also ist der Mensch der Staat. Logisch sind auch die Gesetze. Wer Einzelinteressen gegeneinander abgrenzen will, braucht Gesetze, also ist der Mensch auch das Gesetz. Die Macht ist logisch. Um leben, lieben, arbeiten zu können, benötigt der Mensch Macht, die Macht muß zweckmäßig und sinnvoll verteilt werden, also ist die Macht der Mensch. Nun war aber deine Frage, wo bloß die Gerechtigkeit bleibt. Gerechtigkeit kann ja nicht willkürlich sein oder einfach zweckdienlich, Gerechtigkeit muß höheren Zielen dienen, und darum geht es. Es geht darum zu definieren, was ein höheres Ziel ist. Man könnte beinahe sagen, das höchste Ziel sei, für die Gerechtigkeit zu sorgen, aber

das wäre ein fauler Trick. Also lautet die Frage, richtig gestellt, was ist die Gerechtigkeit eigentlich. Da gibt es nun welche, die sagen, Gerechtigkeit sei nur bei Gott. Wenn es aber nur bei Gott Gerechtigkeit gibt, braucht man sich auf Erden nicht mehr den Kopf darüber zu zerbrechen, dann sind Macht und Recht und Gesetz überflüssig, Gottes Wille geschieht, glaub nur tüchtig, und alles findet sich wie von selbst. Glaubst du eigentlich an Gott?
Judas. Ja.
Stapo: Wie? Ist das wahr? Du glaubst wirklich, daß es einen Gott gibt? Tu mir das nicht an, du zerstörst mir ja mein ganzes Weltbild. Und das willst du doch nicht?
Judas: Nein.
Stapo: Also, was nun? Willst du mir mein Weltbild zerstören und an Gott glauben?
Judas schweigt.
Stapo: Vielleicht willst du beides? Warum antwortest du nicht? Ich habe dir versprochen, daß du alles sagen kannst. Ohne Unterbrechung. Es passiert dir nichts. Du fällst weder auf die Schnauze noch hat jemand die Absicht, dein Blut vom Kerkerboden zu wischen. Es ist gar kein Personal da heute. Wir sind unter uns. Du bist der Judas, ich die Stapo. Du hast bitte Verständnis dafür, daß ich dir meinen Namen nicht sagen darf, aber daß ich es gut mit dir meine, mußt du doch gemerkt haben. Und wann hat man schon einmal die Gelegenheit, mit jemandem über Gott zu reden? Denk' doch mal nach, ich bitte dich, im Kerker bist du mutterseelenallein, da kannst du nur mit dir selber reden, allenfalls ein bißchen Zwiesprache mit Gott halten, aber die ist immer so einseitig, da

kriegst du nie eine verbindliche Antwort, das hat Gott so an sich, du fragst ihn was, und wenn du Glück hast, hört er dir sogar zu, nur, du weißt es eben nicht, du meinst, Gott höre dir zu, du bildest dir das ein, aber wissen tust du gar nichts, weil er dir nicht antwortet, weil er schweigt, weil er ein verteufelt stummer Gesprächspartner ist, fast so schweigsam wie du. Und du willst mir doch nicht einreden, daß du an ihn glaubst. Das kannst du mir doch nicht weismachen. Du raubst deinen eigenen Vater aus, planst Morde, verrätst deine Genossen und behauptest gleichzeitig, daß du an Gott glaubst?
Judas schweigt.
Unterbrechung.

Stapo: Glaubst du an Gott?
Judas: Nein.
Stapo: Eigenartig. Ehe wir unser Gespräch beenden mußten, glaubtest du noch an ihn.
Judas schweigt.
Stapo: Also, du glaubst an ihn, und gleichzeitig glaubst du nicht an ihn?
Judas: Ja.
Stapo: Merkwürdig ist das schon. Findest du das nicht auch? Aber gut. Die Frage, die sich nach wie vor stellt, lautet: wer bestimmt, was Gerechtigkeit ist?
Judas schweigt.
Stapo: Gott? Der Staat? Der Mensch, von dem es heißt, er soll dem Staat geben, was des Staates ist, und Gott, was Gottes ist? Gott im Himmel? Gut möglich, doch im Himmel ist Gott selber der Staat, da hat er mit niemandem Konflikte, kann problemlos regieren; was er will,

tun sowieso alle; was Recht, Gesetz, Gerechtigkeit, selbst was Gott ist, bestimmt er selber, feine Sache, es muß dort zugehen wie im Paradies, nur, auf Erden gibt es kein Paradies, auf Erden gibt es den Staat, und der Staat sitzt dir im Nacken, während Gott irgendwo weit weg ist, falls er überhaupt irgendwo ist.
Judas schweigt.
Stapo: Lassen wir die Gerechtigkeit beiseite, kommen wir zur Wirklichkeit. Um dir Arbeit zu ersparen, haben wir die jüngsten Ereignisse für dich niedergeschrieben. Darin heißt es:

»Ich, der Judas vom See, gebe zu Protokoll, daß ich heute vor drei Tagen in Haft genommen wurde.
Am ersten Tag wurde ich mehrmals verhört. Ich bereue meine Taten und erkläre mich bereit, alles zu tun, das zur Festnahme weiterer Mitglieder der A. L. führen kann. Ich fühle mich nicht als Verräter, im Gegenteil. Ich bin der Überzeugung, daß die A. L. eine verbrecherische Organisation ist und beseitigt werden muß.
Bei den Verhören wurde ich anständig behandelt.
Am zweiten Tag meiner Inhaftierung lockte ich zwei meiner ehemaligen Genossen in die Falle. Ich tat so, als sei auch ich der Verhaftung entgangen und traf mich in der ... straße, die schon immer ein geheimer Treffpunkt der A. L. gewesen war, mit den Genossen Malchus und Marta. Ich sprach sie an und gab der Stapo das vereinbarte Zeichen. Malchus wurde sofort festgenommen. Weshalb Marta entkommen konnte, weiß ich nicht, erkläre aber unter Eid, daß ich sie nicht gewarnt habe.

Am dritten Tag wurde ich erneut verhört. Ich wurde anständig behandelt.«

Ist das so in Ordnung?
Judas: Nein.
Stapo: Du hast meine Frage sicher falsch verstanden. Du mußt sie falsch verstanden haben. Ich habe nämlich gefragt, ob das Protokoll in Ordnung ist. Und weißt du, was du darauf geantwortet hast? Sag es doch noch einmal!
Judas schweigt.
Stapo: Du mußt schon antworten. In einem Protokoll muß es korrekt zugehen. Da kann man nicht immer schreiben: ›Schweigt.‹ Das wäre wirklich zu einfach und jammerschade, verstehst du? Also frage ich dich, ob das Protokoll in Ordnung ist?
Judas: Nein.
Unterbrechung.

Verhör des Judas. Vierter, fünfter, sechster Tag

Keine Verhöre wegen Krankheit des Häftlings.

Verhör des Judas. Siebter Tag

Stapo: Ist es dir leicht gefallen, über die A. L. auszusagen?
Judas: Nein.
Stapo: Wegen der menschlichen Bindungen?
Judas: Ja.

Stapo: Aber du hast eingesehen, daß die Tätigkeit dieser Bande vorwiegend aus kriminellen Delikten bestand?
Judas: Ja.
Stapo: Was ist heute deine Meinung? Könntest du zustimmen, wenn wir behaupten, daß es für die A. L. am besten ist, wenn alle verhaftet werden und somit kein Mord mehr geschieht?
Judas: Ja.
Stapo: Es wäre uns lieber, wenn du zur Antwort gäbst: Dem stimme ich zu.
Judas: Dem stimme ich zu.
Stapo: Die A. L. wird dich als Verräter beschimpfen. Stört dich das?
Judas: Nicht mehr.
Stapo: Hast du Angst vor einem Racheakt?
Judas: Ja.
Stapo: Kannst du sagen, warum?
Judas: Ja.
Stapo: Dann sag es.
Judas: Es war vereinbart, daß jeder, der gesteht, liquidiert wird.
Stapo: Wie denkst du jetzt über deine Verhaftung?
Judas: Ich bin froh darüber.
Stapo: Bedeutet dein Geständnis auch eine Absage an die A. L.?
Judas: Ja.
Stapo: Erhoffst du dir von deinem Geständnis ein mildere Urteil?
Judas: Auch.
Stapo: Wer von deinen Genossen war dir sympathisch, wer nicht?

Judas: Muß ich das beantworten?
Stapo: Es wäre hilfreich. Notwendig ist es nicht.
Judas schweigt.
Stapo: Andreas ist der Anführer?
Judas: Ja.
Stapo: Würdest du im Prozeß gegen Andreas aussagen?
Judas: Im Prozeß muß man aussagen.
Stapo: Es wäre dir aber unangenehm?
Judas: Bei Andreas nicht.
Stapo: Und bei den anderen?
Judas: Da fiele es mir schwerer.
Stapo: Weshalb?
Judas: Zu ihnen hatte ich nähere Kontakte.
Stapo: So nahe, daß du sie verraten hast?
Judas: Ich bin kein Verräter.
Stapo: Sondern?
Judas: Es war kein Verrat. Und wenn es einer war, so habe ich damit schlimmere Dinge verhindert.
Stapo: Denkst du, daß man dich bald freilassen wird?
Judas: So war es vereinbart.
Stapo: Hoffentlich täuschst du dich nicht.
Judas: Man hat es mir versprochen.
Stapo: Wer hat das getan?
Judas schweigt.
Stapo: Wohin eigentlich willst du gehen, wenn du wieder in Freiheit bist?
Judas. Das weiß ich nicht.
Stapo: An den See?
Judas schweigt.

Verhör des Judas. Achter Tag

Stapo: Dir ist zugesagt worden, daß du nach Beendigung deiner Aussagen entlassen wirst. Ist das korrekt?
Judas: Ja.
Stapo: Dir ist zugesagt worden, daß deine Bestrafung gering ausfallen wird. Ist das korrekt?
Judas: Ja.
Stapo: Die Höhe deiner Belohnung ist nicht vereinbart worden.
Judas: Nein.
Stapo: Man hat dir zugesichert, daß der Staat dich vor Racheakten schützen will. Ist auch das korrekt?
Judas: Ja.

Verhör des Judas. Neunter Tag

Stapo: Bis auf weiteres finden keine Verhöre mehr statt. Über dein künftiges Schicksal befindet das Gericht. Willst du noch eine Erklärung abgeben?
Judas: Nein.

18

Der Abend hatte die Tageswärme aufgespeichert, dämmerte dahin und breitete über das Land seine langsam dunkelnde Ruhe aus. Es ist Zwischenzeit; der Tag schon Erinnerung, noch fern die Nacht, der Himmel versinkt im See, wer beten muß, findet jetzt seine Stille.
Markus hatte den Kahn ins Schilf gerudert. Er fragte: Wenn man einen Menschen sehr gern hat, was sagt man dann zu ihm?
Nichts, antwortete Maria. Man schaut ihn an und sagt nichts. Über ihrem Gesicht lagen frühe Abendschatten. Sie hatte die Hände ineinandergelegt, den Kopf zur Seite geneigt und blickte aufs Wasser. Markus saß ihr gegenüber und sah sie an. Der Kahn hatte sich im Schilf festgefahren, als wolle er sich verstecken.
Aber, meinte Markus, ich will es dir nicht bloß zeigen, ich will es in Worte fassen, Worte, die nur ich sagen kann, die ganz mir gehören.
Woher soll ich deine Worte wissen, antwortete Maria.
Wenn du sie nicht weißt, und ich sie nicht sagen kann, müßten sich Liebende ein Leben lang anschweigen.
Ach was.
Sondern?
Sag einfach: Ich liebe dich.
Nicht mehr?
Weshalb mehr?

Es ist zu oft gesagt worden. Warum hat die Liebe so wenig Worte?
Weißt du es?
Vielleicht sind die Gefühle stärker als die Worte. Die Gefühle bleiben im Körper, sie sind da eingesperrt; wenn man sie ausspricht, werden sie mit den Worten fortgeweht.
Glaubst du?
Ich denke mir das so.
Sie schwiegen. Noch immer war der Himmel heller als der See. Nächte kommen nicht von oben herunter, sie steigen hinauf. Markus setzte sich neben Maria und küßte sie. Dann sagte er: Wenn die Gefühle zärtlich bleiben sollen, mußt du sie verschweigen, du mußt sie einhüten, mit jedem Wort geht ein Stück Zärtlichkeit verloren.
Maria sagte nichts.
Andererseits will man seine Zärtlichkeit mitteilen; man will dem, den man liebt, sagen, was man fühlt, er kann es ja nicht ahnen, nicht wissen, was der andere empfindet. Aber man hat keine Worte dafür. Der Körper hat es einfacher, doch auch er hat nicht die reine Zärtlichkeit; was der Mensch im Herzen, in der Seele hat, ist viel zärtlicher, viel heftiger, sobald es in den Körper dringt, schwächt es sich schon ab, der Körper nimmt dem Herzen und der Seele nicht die Reinheit, er nimmt ihnen ihre Größe, glaubst du nicht?
Hast du oft solche Gedanken, fragte Maria.
Die Gedanken kommen, ob du willst oder nicht. Du brauchst sie nicht zu rufen. Sie drängen sich auf, und wenn du immer allein bist, werden sie dir bald zuviel.

Er küßte sie, küßte sie noch einmal, immer wieder und sagte: Möchtest du nicht manchmal mit zum Fischfang gehen? Mir zuliebe? Wenn du immer bei mir wärst, hätten die Gedanken bald kein Interesse mehr an mir, die müßten sich dann ein anderes Opfer suchen.
Ich mag das nicht, sagte Maria. Ich kann nicht mit ansehen, wenn du einen Fisch tötest.
Ein Haubentaucher schwamm aufgeregt vorbei, sah hinüber zum Kahn, erschrak und tauchte unter. Der See war ruhig. Man könnte meinen, er sei verstummt oder schlafe, aber das täuscht; der See ruht sich nur aus, träumt vor sich hin, der erste Mondschein macht ihn wieder hellwach.
Markus sagte: Möchtest du noch mit in meine Hütte?
Warum?
Nur so.
Willst du mit mir schlafen?
Vielleicht.
Er stieß den Kahn aus dem Schilf und ruderte zur Hütte.
Was denkst du, wenn du mich liebhast, fragte Maria.
Ob ich ohne dich leben könnte.
Und? Könntest du?
Nein.
Wir leben aber nicht miteinander. Du denkst an mich, ich denke an dich, die Sehnsucht bringt uns zusammen, wir lieben uns und gehen wieder auseinander.
Es ist schön, und gleichzeitig tut es weh.
Jede Liebe ist so.
Warum? Warum darf Liebe nicht nur schön sein? Warum muß sie auch wehtun?

Weil sie so ist, antwortete Maria.
Für sie, dachte Markus, war alles einfach; vielleicht aber täuscht man sich im anderen, vielleicht bildet der Mensch sich ein, nur sein Herz, nur seine Seele könnten so schön, so rein, so tief empfinden. Die Liebe bestärkt ihn noch darin, sie will, daß der einzelne das glaubt, redet ihm ein, daß nur er die Liebe wirklich begreife, in Wahrheit aber herrscht nicht der Mensch über die Liebe, in Wahrheit beherrscht die Liebe ihn.
Bleibst du bei mir, fragte Markus.
Sie schwieg. Die Nacht war gekommen, mit ihr die Dunkelheit, die Zeit der Gedanken also. Tatsächlich haben ja auch die Gedanken ihren Rhythmus; es gibt Morgen-, Tag-, Abend-, Nachtgedanken; Gedanken passen sich der Natur an; vor einem Gewitter schicken sie dem Menschen andere Bilder, Begriffe, Bedeutungen zu als nachher, wenn sich der Regen befreit hat und die Natur mit frischem Atem neu beginnt. Manchmal gelingt es sogar, die Morgengedanken wegzuschieben, man weigert sich, sie anzunehmen, verdrängt sie auf den nächsten Abend, die kommende Nacht, vielleicht geben sie sich dann leichter oder kommen überhaupt nicht mehr wieder. Es gibt nur vier Arten von Gedanken, die sich nie vertreiben lassen: die Gedanken der Liebe, die des Schmerzes, die des Hasses und die des Todes. Mit ihnen hat man zu leben, vielleicht auch zu sterben; denn was der Mensch angesichts seines Todes denkt, verschweigen die Gedanken bis zuletzt.
Maria war eingeschlafen. Markus saß neben ihr und sah sie unentwegt an. Er fühlte, daß solche Augenblicke selten sind. Er wollte Maria küssen, streicheln, lieben,

doch er sah sie nur an. Glückseligkeit ist empfindlich; sie läßt sich nicht fassen, man muß sie bestaunen und hinnehmen.

Als Maria erwachte, begann der Morgen. Sie öffnete die Augen, wußte nicht, wo sie war, sah den Markus, rieb sich den Schlaf aus den Augen, sagte: Bist du schon lange wach, und wollte weiterschlafen.

Ich hab nicht geschlafen, sagte Markus.

Die ganze Nacht nicht?

Ich liebe dich, antwortete er und küßte sie.

Später sagte Maria: Ist es schön mit mir?

Warum fragst du das?

Ich will es hören.

Überall, wo ich bin, müßtest du auch sein, tags, nachts, jede Stunde, bis in alle Ewigkeit. Es dürfte keinen Ort auf der Welt geben, an dem wir nicht gleichzeitig sind. Die Gedanken tauschen wir einfach aus; was du denkst, werden meine Gedanken, was ich denke, wandert wie von selbst in deinen Kopf. Unsere Körper bleiben, wie sie sind, aber sie tun immer das, was der andere gerade denkt. Wie findest du das?

Maria gab keine Antwort.

Hältst du mich jetzt für einen Spinner?

Nein.

Aber du möchtest nicht so leben.

Ich möchte das Leben so leben, wie es ist. Auch mit meinem eigenen Kopf. Und meine geheimsten Gedanken will ich für mich behalten, sie gehen niemanden etwas an.

Auch mich nicht?

Auch dich nicht.

Er schwieg. Maria spürte, daß sie ihm wehgetan hatte, aber sie konnte es nicht ändern.
Sie sagte: Wo bist du am Abend?
Ich will dir helfen, die Ziegen heimzutreiben.
Sie küßte ihn und ging.
Er sah ihr nach. Er hatte sich vorgenommen, heute die Netze zu reparieren.

19

Ein Fremder war an den See gekommen und fragte nach dem Barabbas. Welchen von beiden er denn meine, wollten die Leute vom See wissen. Welchen? Gebe es denn zwei? Ja, den alten Barabbas, den Lehrer, und seinen Sohn. Also, erwiderte der Fremde, dann meine er ganz sicher den Sohn, dem habe er etwas mitzuteilen.
So.
Und ob ihm jemand sagen könne, wo der Barabbas zu finden sei.
Der sei bei seiner Herde. Aber die Schafe lasse er natürlich mal hier, mal dort weiden, und wo er gerade jetzt umherziehe, wußten die Leute vom See nicht.
Dann sei also der Barabbas ein Schäfer?
Ja, sicher, antworteten die Leute vom See, und sie dachten: Da kommt einer, will dem Barabbas etwas mitteilen und kennt ihn nicht einmal. Was soll man davon halten?
Vielleicht könne er irgendwo auf den Barabbas warten, meinte der Fremde, Zeit habe er genug.
Warum nicht? Wenn er doch dem Barabbas eine Mitteilung zu machen habe...
Aber welche, dachten die Leute vom See, denn sie waren neugierig; die Neugier aber kommt niemals offen und ehrlich daher, was sie denkt, sagt sie nicht; sie will die Wahrheit hintenherum erfahren, sie stellt sich unbeteiligt und lauert dabei auf jedes Wort, das der andere gedan-

kenlos oder unbekümmert daherredet; sie sammelt solche Worte ein, stellt sie zusammen und macht sich so ihr Bild vom anderen. Es ist ein falsches Bild, weder wahr noch wahrhaftig, aber darauf kommt es der Neugier nicht an, sie will befriedigt werden, nichts sonst, und das macht sie so gemein.

Der kleine Johannes sagte, er wolle den Barabbas gern suchen und ihm sagen, daß ein Fremder ins Dorf gekommen sei, um mit ihm zu reden.

Das schon, meinten die Leute vom See, nur, der Barabbas lasse doch seine Herde nicht einfach im Stich, man müsse ihm zumindest eine Andeutung machen, um was es eigentlich gehe, wenn man ihm nur mitteile, da sei ein Fremder gekommen, der ihn sprechen wolle, würde der Barabbas fragen: Welcher Fremde? Und was will der?

Sag' ihm, erwiderte der Fremde, daß ich ihm etwas auszurichten habe. Eine Nachricht vom Judas.

Vom Judas?

Ja.

Aber, sagten die Leute, woher kennst denn du den Judas? Lebt der überhaupt noch? Und wo hat er denn die ganze Zeit gesteckt? Und stimmt es, daß man ihn verhaftet hat? Und wird man ihn wirklich hinrichten? Und, und, und...

Das wolle er dem Barabbas selber sagen, erwiderte der Fremde, und dem Judas gehe es gut.

Die Leute vom See brachten ihn zum Tobiaswirt. Dort könne er auf den Barabbas warten. Der kleine Johannes machte sich auf den Weg, ihn zu holen.

Lena brachte dem Fremden Wein und wollte sich zu ihm setzen.

Wolltest du nicht in die Küche gehen?, fragte Tobias.
Als er mit dem Fremden allein war, meinte Tobias: Warst du schon einmal am See?
Nein.
Darf man dich fragen, woher du kommst?
Er komme aus der Stadt, und sein Name sei Karalus.
Also bist du ganz fremd hier?
Nicht ganz. Der Judas habe ihm erzählt vom See, von den Menschen hier, was sie so denken und was sie tun.
Ist denn der Judas tatsächlich bei der A. L. gewesen?
Ja sicher. Deshalb habe man ihn doch verhaftet.
Und du? Bist du auch einer von denen?
Ich? Nein, nein, damit habe er nichts zu tun. Den Judas habe er erst im Gefängnis kennengelernt, er sei bei den Verhören dabeigewesen und habe die Protokolle geschrieben.
So ist das, sagte der Tobiaswirt und schenkte ein. Sie schwiegen.
Karalus fragte, wann der Barabbas wohl hier sein könne.
Das läßt sich schwer sagen. Wer weiß, wo er mit seinen Schafen hingezogen ist, und ob er überhaupt kommt, ist noch gar nicht sicher.
Nicht?
Der Barabbas ist manchmal schwierig, hat seinen eigenen Kopf, der tut nicht so ohne weiteres, was man ihm aufträgt.
Er habe es ja auch nicht eilig, gar nicht, erwiderte Karalus, und er wollte den Tobiaswirt ohnehin schon fragen, ob er ein Quartier für ihn habe, nicht für lange, vielleicht für einige Tage.

Das läßt sich einrichten.
Karalus merkte, daß der Tobiaswirt ihn skeptisch musterte. Er hatte sich die Leute vom See ganz anders vorgestellt. Der Judas hatte ihm erzählt, am See sei die Welt noch friedlich, und mit den Menschen dort sei gut auszukommen. War es so? Sie waren eher mißtrauisch; und als sie hörten, daß der Judas noch lebe, waren sie zwar überrascht, nicht aber erfreut gewesen. Was erst würden sie von ihm halten, wenn sie erführen, daß der Judas ein Verräter war?
Tobias sagte: Wenn du bei den Verhören dabeiwarst, dann bist du ja ein Staatspolizist oder ein Richter oder sonst so was?
Um Gottes willen, erwiderte Karalus, er sei nur Berichterstatter, nur Schreiber gewesen, ein kleiner, unbedeutender Mann, und außerdem habe er seinen Dienst quittiert, das alles liege längst hinter ihm, gehe ihn überhaupt nichts mehr an.
So ist das.
Ja, ja. Und an den See sei er nur gekommen, um dem Judas einen Gefallen zu tun, ein reiner Freundschaftsdienst, sonst nichts.
Tobias rief nach seiner Frau und sagte ihr, sie solle dem Gast das Zimmer zeigen. Während sie mit ihm hinaufging, fragte Karalus, ob sie den Barabbas näher kenne.
Nein, sie sei nicht vom See, erwiderte Lena.
Als Barabbas kam, war die Wirtsstube leer. Er rief nach dem Tobias, ging in die Küche, in den Hof und sah, wie Lena die Katze fütterte. Ist das deine Katze, fragte er.
Nein, nein, die kommt nur manchmal vorbei. Und da gebe ich ihr etwas zu fressen.

So. Wo ist denn der Fremde?
In seinem Zimmer. Soll ich ihn holen?
Sag ihm, daß ich da bin.
Karalus kam, und ehe er sich vorstellen konnte, sagte Barabbas: Dich schickt der Judas?
Ja.
Was will er von mir?
Vielleicht gehen wir in mein Zimmer? Da läßt sich besser reden.
Hier läßt sich auch reden. Ich habe nicht viel Zeit, meine Schafe sind allein, und das sind sie nicht gewohnt.
Aber ich darf dich zu einem Glas Wein einladen?
Gut, antwortete Barabbas, worum geht's?
Der Judas läßt dich grüßen. Er sitzt im Gefängnis, weil er eine Dummheit gemacht hat. Er hat geglaubt, daß er das Zeug zu einem Revolutionär hätte und ist deshalb zur A. L. gegangen.
Barabbas schwieg.
Verstehst du? Man hat ihn verhaftet, er sitzt im Kerker, niemand weiß, wann er da wieder herauskommt.
Und? Was habe ich damit zu tun, fragte Barabbas.
Du bist doch sein Freund. Und der Judas meint, die Leute vom See sollten es durch dich erfahren, und vielleicht würdest du es auch seinem Vater beibringen.
Ich bin nicht sein Freund.
Nicht? Das hat mir der Judas aber ganz anders erzählt. Wenn der von den Leuten am See redete, hat er immer nur von dir und der Maria gesprochen. Oder willst du jetzt nichts mehr mit ihm zu tun haben, weil er zum Verräter geworden ist.
Zum Verräter? Davon weiß ich nichts.

Er ist es auch nicht. Er hat längst eingesehen, daß seine Genossen von der A.L. kriminell geworden sind. Nur deshalb hat er sie ausgeliefert. Er hatte gute, ehrenwerte Gründe.
Barabbas gab keine Antwort.
Du scheinst wirklich nicht sein Freund zu sein, sagte Karalus.
Ich stehe nicht auf seiner Seite. Ich stand nie auf seiner Seite.
Weil du deine Ruhe haben willst und deinen Frieden?
Ich habe keine Ruhe, schon gar keinen Frieden. Wer hat das wohl? Die Welt ist in Unordnung geraten, also sollte man sie wieder in Ordnung bringen. Aber nicht so.
Sondern?
Ist das ein Verhör? Bist du dazu an den See gekommen?
Ich hatte gedacht, einen Freund des Judas anzutreffen. Aber da habe ich mich wohl geirrt.
So ist es.
Karalus sah ihn an. Er wußte nicht, was er vom Barabbas halten sollte. Dem Judas hätte er gern ein paar freundlichere Dinge berichtet, und die Stapo würde sich mit derart dürftigen Auskünften auch nicht zufriedengeben. Er fragte: Sonst hast du dem Judas nichts zu sagen?
Er tut mir leid.
Ist das alles? Hast du denn überhaupt kein Verständnis für ihn? Oder bist du mit allem einverstanden, das dieser Staat mit dir macht? Dir ist der Gedanke an Revolution wohl noch nie gekommen.
Jede Revolution ist so gut oder so schlecht wie ihre Revolutionäre. Und Judas ist kein Revolutionär.
Er war aber einer.

Er war nie einer. Er wollte auffallen, aussteigen, mehr nicht. Wer Revolution will, muß den Tod wollen, das eigene Leben ist ihm lästig.
Das hört sich ziemlich radikal an, antwortete Karalus.
Barabbas schwieg.
Aber wenn wir schon darüber reden: wann, meinst du, soll man denn eine Revolution riskieren? Wann darf man es? Wann ist sie gerecht?
Wenn das Leid unerträglich wird. Wenn der Staat die Leiden der Menschen verhöhnt, indem er sie zuläßt.
Barabbas stand auf und wollte gehen.
Karalus fragte: Was soll ich dem Judas nun sagen?
Sag ihm, daß er mir leid tut.
Und wenn er entlassen wird, wohin kann er dann gehen? Meinst du, die Leute vom See würden ihn wieder aufnehmen?
Ich weiß nicht, was die Leute vom See denken. Wenn ich an seiner Stelle wäre, würde ich nicht zurückgehen.
Du würdest dich schämen?
Ich würde lieber sterben, hast du das nicht verstanden?
Der Simon war hereingekommen, sagte, er wolle nicht stören, aber er sei auf der Suche nach dem kleinen Johannes.
Der ist bei meiner Herde, antwortete Barabbas. Soll ich ihm etwas ausrichten?
Er soll sich bereithalten. Es ist soweit. Ich will wieder auf Wanderschaft gehen.
Und der Johannes soll mit dir kommen?
Er hat mich darum gebeten. Was soll er denn noch am See?
Weiß das seine Mutter schon?

Er hat mit ihr gesprochen. Ob sie ihn verstanden hat, kann ich nicht sagen. Man weiß bei ihr nie, ob sie noch begreift, was man ihr sagt.
Karalus fragte: Ist das die Frau, die beim Überfall zusammengeschlagen wurde?
Du bist mit allem bestens vertraut, erwiderte Barabbas. Vielleicht siehst du dir die Frau einmal an? Dann kannst du dem Judas auch etwas Interessantes berichten.
Der Judas hat damit nichts zu tun.
Nicht? Allmählich frage ich mich, warum man ihn überhaupt verhaftet hat, sagte Barabbas und ging.
Karalus fragte: Kannst du den Judas auch nicht leiden?
Er hat mir nie etwas getan, erwiderte Simon.
Ob es richtig war, den kleinen Johannes diesmal mitzunehmen? Arbeit findet man jedenfalls leichter, wenn man allein daherkommt.

20

Jetzt, sagte Simon, mußt du noch einmal zurückschauen.
Sie waren seit Mitternacht unterwegs, gerade begann der Morgen. Die Sonne war noch hinter den Bergen, schickte aber schon erste Strahlen auf die mit einer dünnen Nebelschicht überzogene Erde. In der Ferne lag der See. Er war silbrig, unscheinbar klein, und die Frühnebel hatten über ihm ein Loch gelassen; es sah aus, als scheuten sie sich, auch den See mit ihrem milchigen Schleier zu überdekken. Der See war winzig geworden; man konnte sich gar nicht mehr vorstellen, daß es dort Menschen, Häuser, Ställe, Leben gab. Er war ein Silberflecken am Horizont, dahinter hörte die Welt auf.
Siehst du ihn, fragte Simon.
Johannes sagte: Bist du sicher, daß es unser See ist?
Welcher sonst?
Er ist so fremd.
Er kommt dir nur fremd vor. Und weißt du, warum? Weil du ihn noch sehen kannst. Bald wird er nur noch in deiner Vorstellung sein, in deinen Sehnsüchten und in deinen Träumen, und je ferner du von Zuhause bist, desto näher wird dir die Heimat. Heimat, weißt du, ist ja nicht nur der Ort, an dem man dich geboren hat. Heimat, das ist die Sprache, die du schon gehört hast, ehe du selber sprechen konntest, das sind die Gesichter, mit denen du groß geworden bist. Wo du auch hinkommst in

deinem Leben: die Gesichter deiner Kindheit bleiben; die Sprache deiner Vorfahren geht dir zeitlebens nicht aus dem Ohr; und nirgendwo sonst auf der Welt gibt es den Küchen-, den Stall-, den Sommer- und Wintergeruch deiner Heimat. Sobald du die Heimat verlassen hast, überkommt dich das Heimweh, du kannst es nicht einfach abstellen oder auch nur verdrängen, du hast es, wie du Hunger oder Durst hast;
Hunger und Durst aber lassen sich an jedem Ort dieser Erde stillen, Heimweh ist unstillbar; es erlischt erst, wenn du nach Hause zurückgekehrt bist und der See dich wieder aufgenommen hat.
Bist du deshalb immer wieder an den See zurückgekommen, fragte Johannes.
Was sonst könnte mich am See halten? Ich habe dort nichts, keine Familie, kein Haus, keine Arbeit. Für mich bedeutet der See Armut. Verstehst du das?
Am See sind alle Leute arm.
Aber sie haben ihr Stück Land, ihre Herde, ihr Heim. Sie sind arm, ärmer als sie zugeben, doch sie wissen, wohin sie gehören. Wer nichts besitzt, nichts sein eigen nennt, nichts zu bestellen hat, der mag ein Leben lang besitz-, arbeits-, erwerbslos bleiben, heimatlos ist er nie.
Vielleicht aber, antwortete Johannes, will er nicht ein Leben lang arm bleiben, und dann geht er eben fort. Dann ist es ihm lieber, reich als daheim zu sein.
Das mag es geben, erwiderte Simon, aber schöner ist es, Heimat zu haben.
Der kleine Johannes blickte immer wieder zurück, und Simon wußte, warum. Der See lag endgültig hinter ihnen.

Sie wanderten weiter und sprachen nicht mehr miteinander. Sie wollten mit ihren Gedanken allein sein.
Später fragte Simon: Bist du noch nicht müde?
Nein.
Der Tag wird heiß werden, wir sollten Rast machen.
Wenn du meinst.
Ich kenne da einen Hundertjährigen; bei dem könnten wir uns ausruhen.
Einen Hundertjährigen?
Er sieht so aus.
Sie kamen an die Blockhütte, doch der alte Mann war nicht zu Hause. Simon sagte: Er wird auf dem Feld oder im Weinberg sein. Geh hinein, leg dich in sein Bett und schlaf dich aus.
Darf man denn einfach in sein Haus gehen, fragte Johannes.
In die Häuser der Armen darf man immer gehen.
Weil sie nichts zu verbergen haben?
Auch. Aber das ist nicht der wahre Grund. Der wahre Grund ist, daß nur die Reichen zwischen mein und dein unterscheiden. Wenn du dem alten Mann sein Bett stiehlst, schläft er eben auf der Erde, das wird ihm nicht viel ausmachen. Wenn du einem Reichen irgendetwas stiehlst, schlägt er die Hände über dem Kopf zusammen und zweifelt an Gott. Du kannst schnell herausfinden, mit wem du es zu tun hast: Sagt ein Mensch ›mein‹, ist er reich. Die Armen sprechen immer in der Mehrzahl, nur sie reden von ›uns‹.
Die Armen sind ja auch in der Mehrzahl, erwiderte Johannes.
Schon. Nur, wenn die Reichen in der Mehrzahl wären,

würden sie trotzdem nur von sich selber reden und immer bloß ›mein‹ sagen.

Johannes legte sich in das Bett des alten Mannes und schlief. Simon betete vor sich hin. Er wollte Arbeit finden. Ob beten hilft, läßt sich nicht zuverlässig sagen.

Der Tag ging schon zu Ende, als der alte Mann zurückkam. Er hatte Freunde mitgebracht, bat sie, vor seiner Hütte Platz zu nehmen, denn der Tag sei noch lang, der Abend mild, alle, die mit ihm gekommen seien, möchten sich als seine Gäste betrachten, was er habe, wolle er bereitstellen, Wein, Brot, Obst, Käse, genug für alle, jetzt sei es an der Zeit, miteinander zu reden, zu sagen, was jeder einzelne gesehen, gehört, miterlebt habe, bitte, sagte der alte Mann, setzt euch, betrachtet meine Hütte als die eure, ich will euch bewirten, und ihr sollt erzählen, was ihr vernommen habt.

Was hatten sie vernommen? Sie hatten den Jesus gesehen und gehört, und eigentlich wollten sie erst einmal darüber nachdenken, wie und was er gepredigt hatte, jeder für sich und jeder für sich allein; wenn einer behauptet, er spreche im Namen und im Auftrag Gottes, kann man sich so etwas doch nicht bloß weitererzählen und einfach so tun, als unterhalte man sich über die letzte Ernte oder das Wetter von morgen; so etwas muß man erst mit sich selber ausmachen, sich fragen, was man für richtig, was man für wahr hält, ob man dem Jesus vertrauen und ihm glauben darf, und die Freunde des alten Mannes sagten: Senex, warum fragst du das uns? Du warst doch auch dabei. Erzähl' du doch!

Sie nannten den alten Mann ›Senex‹, obwohl er sicher

nicht so hieß. Doch es gibt ja Taufnamen, bei denen sich später herausstellt, daß sie überhaupt nicht zu einem passen, und dann erfinden die Freunde oder auch die Feinde einen anderen, neuen Namen, einen Namen, den sie für zutreffender halten, und damit muß man leben, ob man das nun will oder nicht.

Sie saßen im Schatten der Hütte, aßen und tranken, und Simon war von dem Lärmen aufgewacht, kam aus der Hütte und setzte sich zu ihnen.

Hast du ihn auch gesehen, fragten die Freunde des Senex.

Er habe von ihm gehört, antwortete Simon.

Wenn du bloß von ihm gehört hast, weißt du noch nichts von ihm, erwiderten sie.

Ich weiß sehr wohl, was er predigt, und das gefällt mir auch.

Darauf kommt es nicht an. Er will nämlich gar nicht, daß er einem gefällt. Die Menschen sollen glauben, was er sagt und danach handeln. Ob einem das nun gefällt oder nicht.

Und was sollen sie glauben?

Du warst eben nicht dabei, sagten sie, sonst würdest du nicht so fragen.

Simon schwieg.

Also, rief Sennex, nun eßt und trinkt, und wißt ihr, welches Wort mir am besten gefallen hat? Er hat gesagt: Du sollst deinen Nächsten lieben wie dich selbst! Habt ihr das gehört?

Ja sicher, sagte einer der Freunde, und wie er mit den Priestern und den anderen vornehmen Herren umgesprungen ist, da bleibt einem doch die Spucke weg, denen hat er die Leviten gelesen, sie trügen zwar schöne Kleider, ließen sich in der Öffentlichkeit untertänigst grüßen, säßen in dem Gotteshaus in der vordersten Reihe und bei jedem Festessen auf den Ehrenplätzen, wo es etwas zu erben gebe, feilschten sie um jeden Pfennig, und sobald sie sich beobachtet fühlen, fielen sie zum Schein in ihre geheuchelte Beterei, damit nur ja jeder sehe, daß sie doch wirklich fromme Leute seien. Und das, ereiferte sich der Mann, das sagt der zu den Reichen, zu den Priestern! Ausgerechnet zu denen! Die halten sich doch immer für etwas Besseres, sagen, ihr Reichtum komme von Gott und die Priester hätten die Wahrheit für sich allein gepachtet. Wie findet ihr das? Und wißt ihr auch, was er noch gesagt hat?

Natürlich wußten sie es, sie waren ja dabeigewesen, aber sie schwiegen, weil sie es noch einmal hören wollten, für sie waren solche Worte die erste Genugtuung, die ihnen je zuteil wurde, ein Leben lang hatten sie solche Worte zwar gedacht, aber nie zu sagen gewagt, also fragten sie: Was hat er noch gesagt? Willst du es uns nicht erzählen?

Die Priester und die Reichen sollten nur abwarten, hat er gesagt, auch sie kämen einmal vor Gericht, und dann würden sie sich wundern, denn bei diesem Gericht könnten sie nicht mehr vornehm tun, nicht mehr heucheln und um jede Münze feilschen, dann stünden sie vor dem Jüngsten Gericht, und Gott wird mit ihnen abrechnen.

Einer sagte: Und die haben sich das mit angehört! Die standen dabei und wußten nichts zu sagen!

Und habt ihr mitbekommen, was er der alten Frau gesagt hat?

Welcher alten Frau? Was war mit der?
Die kam als letzte an den Opferteller, ihr wart doch dabei, habt selber etwas gegeben, und die Reichen legten viel, viel Geld hin, damit auch jeder sehe, wie freigiebig und wie fromm sie seien, und die alte Frau schämte sich, weil sie nur wenig hatte, doch da kam Jesus zu ihr und sagte, sie brauche sich nicht zu schämen, denn sie habe mehr geopfert als all die Reichen zusammen.
Und das hast du selber gesehen und gehört?
Ich stand doch daneben.
Senex sagte: Seid ihr ganz sicher, daß er im Namen Gottes spricht? Dann hätte ich ja mein Leben lang an einen falschen Gott geglaubt.
Das hast du auch. Du hast geglaubt, es sei Gottes Wille, daß die Reichen reich und die Armen arm geboren werden. Und nie im Leben bist du auf den Gedanken gekommen, die Priester hätten gar nicht die Vollmacht Gottes, wie sie immer verkünden. Gott ist für dich genauso da, vielleicht gerade für dich, weil du arm und hilflos und ungebildet bist.
Sie aßen, tranken, redeten und redeten, fielen sich gegenseitig ins Wort, woran der eine sich nicht mehr erinnern konnte, ergänzte der andere, und Simon war mitten unter ihnen, hörte ihnen zu, schwieg, obwohl er zu diesem und jenem gern etwas gefragt hätte, aber er traute sich nicht, er war nicht dabeigewesen, und man muß die Zeugen sprechen lassen, nicht die Zweifler.
Senex fragte den Simon, warum er so schweigsam sei.
Simon wußte keine Antwort.
Du hast mir doch schon früher vom Jesus erzählt. Durch dich habe ich den Namen zum ersten Mal gehört. Hast

du deine Meinung über ihn geändert? Willst du nichts mehr von ihm wissen?
Er habe doch immer nur von ihm gehört, antwortete Simon.
Gesehen hast du ihn nie?
Doch, einmal sei er dabeigewesen, als Jesus einen Lahmen geheilt habe, im letzten Sommer.
Einen Lahmen? Wie war das? Willst du es uns nicht sagen?
Doch, warum nicht. Den Leuten vom See habe er es ja auch erzählt.
Und? Was haben die gesagt?
Die glaubten mir nicht.
Also, sagte einer der Freunde des Senex, das verstehe ich nicht. Wenn du Jesus tatsächlich gesehen und deinen Leuten erzählt hast, was er sagt und tut, dann muß man doch einfach an ihn glauben, meint ihr nicht?
Den Mann, der das sagte, nannten sie den ›Jünger‹, obwohl er gar kein Jünger war. Jesus hatte nämlich einige Männer um sich geschart, die sich seine Jünger nennen durften, doch zu denen gehörte der Mann nicht. Er war nur einer von den vielen, die dem Jesus überallhin nachfolgten, und wenn er ein richtiger Jünger gewesen wäre, könnte er jetzt nicht beim alten Senex sitzen und mit Freunden den Abend verplaudern.
Einer sagte: Es ist eben schwer zu glauben. Schwerer als alles andere.
Der ›Jünger‹ antwortete: Wenn du ihn gesehen hast, nicht mehr.
Viele aber haben ihn nicht gesehen. Und die meisten werden ihn nie im Leben zu Gesicht bekommen.

Na und? Genügt es nicht zu wissen, was er gesagt hat? Ihr habt ihn doch gesehen. Zu euch hat er doch gesprochen. Vor ein paar Stunden wart ihr noch bei ihm. Und schon jetzt zweifelt ihr? Meint ihr vielleicht, seine Worte seien bloß für euch gewesen? Für alle anderen aber in den Wind gesprochen?
Keiner von uns zweifelt an ihm, antwortete der alte Senex. Und jeder von uns wird bis zum letzten Atemzug an ihn glauben. Um uns aber geht es nicht. Es geht darum, wie wir all den anderen, die ihn nur vom Hörensagen kennen, klarmachen, daß Jesus wahrhaftig von Gott gesandt ist und im Namen Gottes spricht.
Muß man ihnen das wirklich klarmachen? Genügt es nicht, seine Worte tagtäglich zu wiederholen? Wer Ohren hat zu hören, der muß doch begreifen, daß seine Worte nicht von dieser Welt sind. Oder. Habt ihr Ähnliches schon einmal gehört? Hat euch früher schon einmal jemand gesagt, wie sehr euch Gott liebt? Daß Gott den Sündern verzeiht, und gerade ihnen? Daß Gott mit den Armen ist und nicht mit den Reichen? Wie? Habt auch ihr, die ihr ihn gesehen und gehört habt, keine Augen zu sehen und keine Ohren zu hören? Seid ihr blind und taub und ungläubig zugleich? Ich war dabei, als er sagte, eher gehe ein Kamel durch ein Nadelöhr, als daß ein Reicher in den Himmel komme. Wart ihr nicht dabei? Habt ihr weggehört? Ich nicht. Ich habe das verstanden, begriffen, und seitdem weiß ich, was Gott von mir erwartet und was für mein Leben wichtig ist. Wißt ihr das nicht? Muß man euch erst ein Wunder präsentieren? Ist so eure Gläubigkeit? Und wenn sie tatsächlich so ist, so klein, so niedrig und so erbärmlich: Er hat doch Wunder getan! Er

hat einen Lahmen gehend gemacht, oder lügt der Simon? Er hat ein totes Mädchen wieder zum Leben erweckt, und das Mädchen ist vom Totenbett aufgestanden, als habe es nur geschlafen, doch die Leute haben bloß gestaunt, sie haben gesagt: Das gibt es doch nicht, das ist unmöglich, obwohl sie es mit eigenen Augen gesehen haben. Könnt ihr mir das erklären? Könnt ihr mir sagen, warum Menschen, die Augenzeugen eines Wunders wurden, die daneben standen, als es geschah, nachher hingehen und reden: es ist zwar so gewesen, aber glauben tun wir es trotzdem nicht?

Der ›Jünger‹ hatte sich in Zorn geredet, und es fiel ihm schwer, sich zu beherrschen. Die Freunde des Senex versuchten, ihn zu beruhigen, sagten, ihnen brauche man nicht ins Gewissen zu reden, sie hätten ihren Glauben, die Frage sei jedoch, wie man den Glauben weitertrage, den anderen klarmache, daß es nur den einen wahren Glauben gebe, und das habe der Simon vom See ja auch erfahren müssen.

Sie sahen den Simon fragend an. Er fühlte, daß sie eine Antwort erwarteten, aber er schwieg. Am liebsten hätte er sich aus dem Gespräch herausgehalten, doch das ging nun nicht mehr, man muß Stellung beziehen, wenn man gefordert wird, seine Meinung sagen und dazu stehen.

Was, fragte Simon, was habe er erfahren müssen? Ihr müßt mir schon sagen, was ihr von mir wollt.

Du hast uns doch vom Jesus erzählt, antwortete Senex. Du hast uns gesagt, überall im Land hättest du von ihm gehört. Und du hast ihn gesehen, warst dabei, als er einen Lahmen geheilt hat. Also ist die Frage: Glaubst du auch an ihn?

Natürlich glaube ich an ihn. Wie kannst du nur so etwas fragen?
Und hat dein Glaube dein Leben verändert?
Was sollte sich da ändern? Ich muß sehen, daß ich Arbeit finde und mit meinen Leuten vom See zurechtkomme. Zu ändern gibt es da nicht viel.
Aber den Leuten vom See hast du von Jesus erzählt?
Ja, und die haben mir nicht geglaubt.
Weil auch du nicht an ihn glaubst. Was er sagt, leuchtet dir ein, du findest das gut, schön, richtig; glauben tust du ihm nicht. Du hast deinen Leuten von ihm erzählt, doch als du merktest, daß sie deinen Geschichten mißtrauen, hast du geschwiegen. Es kam dir gar nicht darauf an, deine Leute von deinem Glauben zu überzeugen, du wolltest bloß mal hören, was sie dazu sagten. Und sobald du spürtest, daß sie nicht auf dich hören wollten, war dir dein Glaube peinlich. Du hattest Angst, sie könnten dich für einen Phantasten oder gar für einen Lügner halten. Und das wolltest du nicht. Du hast dir gesagt: Wenn die anderen nicht an ihn glauben, warum ich? Warum soll ich mir Ärger machen? Wie komme ich dazu, mich als Lügner hinstellen zu lassen, wenn es auch anders geht, anders und einfacher und bequemer? Du hast deinen Glauben fallengelassen, noch ehe du dafür einstehen mußtest. Findest du das in Ordnung? Willst du so weiterleben? Möchtest du einmal vor Gott hintreten und sagen: Meine Arbeit, meine Leute vom See, meine Bequemlichkeit und meine Feigheit sind mir wichtiger gewesen als mein Glaube?
Simon wollte sich wehren, irgend etwas sagen, aber er wußte keine Antwort. Da kamen ihm die anderen zu

Hilfe, riefen dem ›Jünger‹ zu, daß Jesus auch die Selbstgerechten verdammt habe, und er solle den Simon in Ruhe lassen.
Sie hatten viel getrunken und waren müde. Auch der ›Jünger‹ war schweigsam geworden; er hatte nicht die Absicht gehabt, selbstgerecht zu sein, sondern Glauben zu verkünden. Ob das ohne Selbstgerechtigkeit geht?
Bis auf den ›Jünger‹ waren alle eingeschlafen. Er aber konnte nicht schlafen und ging in den Vorgarten. Als er den kleinen Johannes erblickte, erschrak er, ging zu ihm hin und fragte ihn, ob er schon länger hier sei.
Er habe alles mit angehört, antwortete Johannes.
Wer er denn sei und woher er komme?
Er sei vom See, genau wie der Simon. Und mit dem Simon sei er auch hierher gekommen. Sie wollten morgen weiterziehen und Arbeit suchen.
So.
Es war Mitternacht, der Himmel hell und klar, und vor vierundzwanzig Stunden erst hatten sich Simon und Johannes auf den Weg gemacht. Dem Johannes kam es viel länger vor; wenn er an den See zurückdachte, lag zwischen gestern und heute eine halbe Ewigkeit. Das kommt daher, weil die Zeit der Uhr anders läuft als die menschliche Zeit. Die Uhr rechnet nach Stunden, nach Minuten; der Mensch nach Erlebnis und Erfahrung. Jahre, die wie im Flug vorbeigehen, erweisen sich als verlorene Jahre; man stellt fest, daß man sie gelebt hat und weiß nicht mehr, warum. Der Mensch sagt sich: Also, das war damals, da muß ich so Ende Zwanzig alt gewesen sein, doch in Wirklichkeit war er schon längst über die Dreißig. Man erinnert sich nicht mehr, hat ein

Stück Leben vergessen, verdrängt, nicht so gemeint und eigentlich gar nicht gewollt. Es gibt aber auch die andere, die menschlichere Zeit. Die Uhr beherrscht auch sie mit gleichbleibender Präzision. Für den Menschen jedoch bleibt sie in solchen Augenblicken stehen, weil es die großen Augenblicke sind. Seltsam ist, daß man die großen Augenblicke nicht sofort erkennt; man sagt sich: Das war eine schöne Stunde oder ein unvergeßlicher Tag, man empfindet es auch so. Aber die Gegenwartsgefühle täuschen; oft verwechseln sie Erfolg mit Größe, Glück mit Freude, Schmerz mit Leid. Ein Mann kann hundert Frauen gehabt haben, in der Stunde des Todes denkt er nur an eine. Warum? Weil es die schönste war, die treueste, die liebste? Man darf nicht nach Gründen suchen, weil es keine Gründe gibt. Der Mensch müßte rückwärts leben. Sein Leben sollte aussehen, wie er es in der Stunde seines Todes gelebt haben möchte ...

Johannes sagte: Denkst du immer an ihn?

Er lenkt meine Gedanken in die richtige Richtung.

Und ist es wahr, daß er besonders für die Armen da ist?

Für dich wie für mich.

Dann wäre es ja eine Gnade, arm zu sein.

Bis heute ist es immer nur eine Schande gewesen.

Johannes fragte: Wenn du morgen weiterziehst, folgst du ihm dann wieder nach?

Ja.

Würdest du mich mitnehmen? Ich möchte ihn einmal mit eigenen Augen sehen und selber hören, was er sagt.

Und der Simon? Der wird das nicht wollen.

Dem Simon werde ich das erklären, sagte Johannes.

21

Sie waren unterwegs, um Jesus nachzufolgen, und der ›Jünger‹ wußte offensichtlich den Weg, zumindest tat er so. Johannes hatte dem Simon gesagt, daß er sich von ihm trennen wolle; er sei jetzt alt genug, sein Leben selber in die Hand zu nehmen, am See habe er ohnehin niemanden mehr, und für den Simon sei es ja auch einfacher, sich nur um sich selber zu bekümmern und auf eigene Faust Arbeit zu finden. Simon hatte versucht, den kleinen Johannes von seinem Plan abzubringen, aber es war ihm nicht gelungen. Er sei nicht mehr klein, hatte Johannes geantwortet, er wolle jetzt selber bestimmen, was er aus seinem Leben mache und sich beweisen, daß er auf eigenen Füßen stehen könne. So waren sie auseinandergegangen, und als Johannes schon weit fort war, sah ihm Simon noch lange nach, aber Johannes blickte nicht mehr zurück.

Warum wolltest du unbedingt mit mir gehen, fragte der ›Jünger‹. Weil er Kranke heilt? Weil er Wunder tut?

Weil sein Gott für die Armen ist.

Sein Gott ist auch dein Gott.

Der Weg, den sie gingen, war schmal und steinig und zwängte sich zwischen den Weinbergen hindurch; der Himmel war wolkenlos und kündete einen heißen Tag an.

Aber ein richtiger Jünger bist du nicht, fragte Johannes.

Nein. Ich habe mich auch nie so genannt. Die Leute haben mir diesen Namen gegeben. Zum Jünger wird man berufen, das kann man nicht selber bestimmen.
Möchtest du denn gern einer sein?
Wer möchte das nicht?
Johannes dachte an Lehrer Barabbas und an Maria, an den Markus, den Judas, er stellte sich seine Mutter vor, aber er fand ihr Gesicht nicht mehr, sie lachte, weinte, küßte ihn, stieß ihn beiseite, sagte: Dort, dieser Teufel ist mein Sohn!, aber ihre Stimme war fremd, ihr Gesicht nicht haltbar, vielleicht hatte das alles nie existiert, die Mutter nicht, nicht der Raubüberfall, der ferne See nicht, was bleibt, sind verschleierte Bilder aus fortziehenden Träumen, die Erinnerung wird zweifelhaft, die Gegenwart unbegreiflich.
Freust du dich, ihn zu sehen, fragte der ›Jünger‹.
Ich weiß es nicht.
Wie kannst du so etwas sagen? Bist du bloß neugierig? Und sonst nichts?
Ich kann das nicht erklären. Ich bin unruhig. Verstehst du das nicht? Unruhig und unsicher, und ich fühle mich elend. Ich weiß nicht einmal, was gestern war, wie soll ich da an morgen denken.
Der ›Jünger‹ gab keine Antwort.
Vielleicht gibt es überhaupt keinen Gott, sagte Johannes.
Wer will das wissen?
Die ihn leugnen, kommen auch nicht ohne ihn aus. Sie sagen Gott tot und proklamieren gleichzeitig neue Götter. Sie machen sich diese Götter nach ihrem Bild zurecht; Gott aber hat den Menschen nach seinem Bild geformt.

Auch jene, die ihn leugnen?
Die vor allem.
Sie wanderten weiter und schwiegen. Bevor man das Verlangen hat, die Gedanken des anderen zu erfahren, muß man erst einmal die eigenen Gedanken ordnen.
Johannes sagte: Woher weißt du das alles? Von Gott? Von ihm?
Wo ist der Unterschied?
Sie kamen an ein Wirtshaus, machten Rast, aßen Brot, tranken Wein und hatten sich nichts zu sagen. Johannes dachte an Maria. Er liebte sie, aber davon wußte Maria nichts, sie hielt den Johannes immer noch für einen kleinen Jungen, den man in die Arme nimmt, weil man ihn gern hat; Johannes aber preßte seinen Kopf fester an ihre Brüste, spürte, wie sie sich mit jedem Atemzug hoben oder senkten, hörte ihren Herzschlag, umarmte Maria, wollte ihr näher und näher sein, die Haut fühlen, den Hals küssen, den ganzen weißen, weichen, nackten Leib, aber Maria nahm seinen Kopf, schüttelte ihn, machte irgendeine herzlose, scherzhafte Bemerkung und lief davon. Man müßte wissen, wie und wann man zum Mann wird, dachte Johannes, doch er wußte nicht einmal, ob er je im Leben mit einer Frau schlafen würde; davor hatte er Angst, Liebe ist doch mehr als eine nackte Frau; was man berührt, verliert seine Unantastbarkeit, und alle großen Dinge sind nicht zu fassen: der Himmel, die Sterne, die Nacht, Gott.
Der ›Jünger‹ sagte: Sind deine Leute sehr arm?
Wie?
Deine Leute vom See, werden die immer satt?
Darüber reden sie nicht.

Gibt es keine Reichen bei euch?
Der Krämer Judas ist reich, vielleicht noch der Lehrer Barabbas. Ich weiß es nicht. Ich weiß nicht, was mit den Reichen los ist, es geht mich ja nichts an.
Nicht? Hast du nie darüber nachgedacht, warum die einen reich, die anderen arm sind?
Warum? Weil sie so auf die Welt gekommen sind. Du kannst dir deine Eltern doch nicht aussuchen.
Und das genügt dir? Damit gibst du dich zufrieden? Meinst du nicht, man sollte das ändern?
Man wird es nicht ändern können. Die Reichen werden es nicht zulassen, und wenn die Armen die Reichen nicht hätten, wären sie ohne Arbeit und müßten verhungern. Was gibt es daran zu ändern? Das ist eben so. Und so hat es Gott ja auch gewollt.
Gott hat das Gegenteil gewollt. Selbst der alte Gott hat gesagt, daß er die Erde den Menschen nur geliehen habe. Er hat gesagt: »Die Erde gehört mir!« Er hat angeordnet, daß seine Erde niemals verkauft werden dürfe, denn auf seiner Erde seien die Menschen allenfalls *Bei*sitzer, niemals aber *Be*sitzer. Hast du das nicht gelernt? Hast du nie den Moses gelesen?
Was der Moses gesagt hat, hört sich gut an, aber die meisten frommen Sprüche stimmen mit der Wirklichkeit nicht überein.
Es ist ein Befehl Gottes, kein frommer Spruch. Und diesen Befehl hast du zu befolgen.
Und wie soll ich das machen? Soll ich auf das Feld eines Reichen gehen, seinen Zaun abreißen und verkünden: So, dieses Land gehört mir genausogut wie dir? Der Reiche wird mich auf der Stelle fortjagen. Und dann? Soll ich

mich weigern und ihn totschlagen? Man wird mich pakken, einsperren, steinigen und kreuzigen, und kurz vor dem Sterben bete ich noch einmal und sage: Gott, Befehl ausgeführt! Oder wie sonst stellst du dir das vor?
Du könntest nicht so fragen, wenn du ihn gehört hättest, erwiderte der ›Jünger‹.
Weshalb nicht?
Es sind die Reichen, die Gottes Gesetze gebrochen haben. Sie haben sich die Erde angeeignet, obwohl sie ihnen nicht gehört. Wenn sie ›mein‹ sagen, lügen sie; das Korn, die Rebe, die Fische, die Saat und die Ernte bleiben im Besitz Gottes. Er hat sein Land den Menschen geliehen, allen Menschen, vor allem den Hungernden. Du wirst fragen, warum gerade denen? Antwort: Weil sie Gott nicht bestohlen haben; weil sie sich seinem Gesetz gebeugt haben; weil sie nicht andere beherrschen, weil sie mit allen anderen teilen wollen. Wenn also der Staat oder irgendeine andere Obrigkeit den Besitz schützt, handelt sie gegen den Willen Gottes. Du hast gesagt, man komme entweder arm oder reich auf die Welt und daran lasse sich nichts ändern. Ich hoffe, daß es nicht so ist. Ich hoffe, daß der Arme ebensoviel wert wird wie der Reiche. Und das nicht nur in den Augen Gottes. Richtig ist, daß man arm oder reich geboren wird, und man fragt sich, ob das gerecht ist. Ist es gerecht? Anscheinend nicht, nur: Der reich Geborene kommt mit einem Fluch auf die Welt. Seine Eltern, seine Ahnen haben sich gegen Gott versündigt, sonst wären sie nie zu ihrem Besitz gekommen. Ich weiß nicht, ob es die Erbsünde tatsächlich gibt. Wenn es sie aber gibt, kann sie die Armen nicht betreffen, weil die Armen nie etwas geerbt haben und somit nicht sündig

geworden sind. Jedes Almosen, das dir die Reichen geben, ist kein Geschenk, weil es dir längst gehört hat. Die Gesetze schützen zwar die bestehende Ordnung, aber die bestehende Ordnung widerspricht der Anordnung Gottes. Man gibt dir ein Almosen und sagt dabei, man sei eben menschlich und sozial.
Es ist weder das eine noch das andere. Menschlich wäre es, wenn kein Mensch es nötig hätte, betteln zu gehen. Und ›sozial‹? Was ist das? Wer hat das Wort erfunden? Die Armen? Sie wissen nicht einmal, was das ist. Man sagt ihnen, sie seien asozial, weil sie den Reichen zur Last fallen und keine Steuern zahlen. Wer hat sie denn zu Asozialen gemacht? Sie sich selber? Ist es nicht asozialer, ein Almosen zu geben als eines zu nehmen? Ist der Arme, der nachts auf dem Kornfeld des Reichen Ähren stiehlt, asozial, oder der Reiche, der seine Hunde auf ihn hetzt? Es geht gar nicht darum, ob der Mensch hungert, weil er arm ist. Der Hunger nach Gerechtigkeit ist schlimmer als das Verlangen, satt zu werden. Der Arme erträgt die Entbehrungen leichter als die Scham, arm zu sein. Warum schämt er sich ihrer? Wer hat ihm das beigebracht? Meinst du nicht, er sollte umdenken, umlernen, neu glauben? Zu verlieren hat er ohnehin nichts. Gott ist auf seiner Seite. Warum also geht er nicht aufrecht durchs Leben und fordert die Gerechtigkeit zurück. Eine Gerechtigkeit, die von Gott befohlen ist? Wovor hat er Angst? Er hat kein Recht, sich zu schämen. Es ist seine Pflicht, sich das Almosen zu verbitten und Gottes Erde selber zu bestellen. Gefährlich kann ihm das nur werden, wenn er nicht glaubt. Weshalb glaubst du nicht an Gott, wenn Gott gerade an dich glaubt? Warum glaubst du den

Reichen, den Priestern, der Obrigkeit mehr als Gott? Jesus hat gesagt: Wenn du ein Almosen gibst, so posaune es nicht heraus, sondern gib es im Verborgenen. Verstehst du? Jesus will nicht, daß die Almosengeberei in aller Öffentlichkeit geschieht. Der Almosengeber hat sich zu verstecken und sich zu schämen, nicht der Empfänger.
Der ›Jünger‹ trank sein Glas leer und wollte gehen. Johannes sah ihn an und rührte sich nicht.
Was ist, sagte der ›Jünger‹, wenn du ihn bald sehen willst, müssen wir weiterziehen.
Solche Worte habe ich noch nie gehört, sagte Johannes.
Ich gebe nur weiter, was ich von ihm gehört habe. Vorher war ich genauso sprachlos wie du.
Später fragte Johannes: Ist es wirklich nicht gefährlich für uns, wenn wir so denken und so reden?
Wenn du glaubst, nicht.
Aber für ihn? Wenn es ihm tatsächlich gelingt, uns die Angst zu nehmen, so gehört doch für ihn unendlich viel Mut dazu, sich gegen alle Welt zu stellen. Meinst du nicht?
Er tut, was er tun muß. Und was mit ihm geschieht, liegt in der Hand Gottes. Wer aber den Menschen ihre Ängste nimmt, muß ja nicht selber ohne Furcht sein.

22

Andreas, Malchus und Elias waren im Kerker umgekommen. Die einen behaupteten, sie hätten Selbstmord begangen, die anderen wollten wissen, man habe sie zu Tode gequält. Was wirklich geschehen ist, läßt sich nicht mehr feststellen. Den Toten wird es wahrscheinlich gleichgültig sein. Sie sind gestorben für eine, für ihre Idee; ob diese Idee gut oder schlecht gewesen ist, ob sie es überhaupt wert war, für sie zu sterben, entzieht sich dem menschlichen Urteil. Wer freiwillig aus dem Leben geht, hat dem Tod nicht nur die Willkür genommen; er hat sich geweigert, dem Tod das Recht einzuräumen, wann und wen er sterben läßt. Wenn jemand sich selbst umbringt, bekümmert dies lediglich die Überlebenden. Sie aber haben nicht das Recht zu urteilen; der Tod hat die Antwort gegeben, ob es nun Mord oder Selbstmord war, und nichts ist verschwiegener als Kerkermauern. Den Menschen draußen war es ohnehin egal, wie die drei Anarchisten ums Leben gekommen waren; die Menschen draußen wollen ihre Ruhe, und in Zeiten, wo Mord und Totschlag an der Tagesordnung sind, regt sich kein Mensch über drei Tote auf.
Wenige Tage vor ihrem Tod war Karalus noch bei ihnen gewesen. Die Stapo hatte ihn beauftragt, mit den Inhaftierten ins Gespräch zu kommen, aber es war ihm nicht gelungen. Sie beantworteten keine Fragen, redeten nur mit sich selber. Man hielt sie bei Wasser und Brot in

Dunkelhaft, und die absolute Isolation kann der Mensch nicht lange aushalten. So hatten sie sich angewöhnt, mit sich selber zu reden, ihre Gedanken zu trainieren und wenigstens die eigene Stimme zu hören. Ihr Thema war nach wie vor die Revolution. Andreas hatte gesagt, jede Revolution habe den Zweck, die bestehende Ordnung zu zerstören, und das gerade dann, wenn die große Masse mit dem gegenwärtigen Zustand zufrieden sei. Nicht das Volk treibe die Revolution an, die Revolution müsse das Volk aufwiegeln. Karalus wußte natürlich, daß Andreas, Malchus und Elias gefoltert worden waren; ob sie dabei ums Leben kamen, wußte er nicht. Die Justiz ist blind und verlangt von ihren Vollstreckern Verschwiegenheit. Der neue Auftrag für Karalus war es, dem inhaftierten Judas die bevorstehende Freilassung mitzuteilen.
Vor denen hast du nun Ruhe, sagte er.
Vor wem?
Vor deinen Genossen.
Hat man sie umgebracht?
Bei uns sterben die Leute entweder von selbst, oder man macht ihnen den Prozeß.
Judas schwieg.
Mir kannst du ruhig antworten. Ich bin keiner von der Stapo.
Judas schwieg.
Aber du traust mir nicht über den Weg. Und das macht mich traurig. Dabei könnte ich dir viel erzählen. Ich war bei deinen Leuten am See, habe mit dem Tobiaswirt gesprochen und mit dem Barabbas, und außerdem soll ich dir noch mitteilen, daß du schon bald entlassen wirst. Was sagst du dazu?

Sind die drei tot?
Man hat sie schon verscharrt. Von denen hast du nichts mehr zu fürchten. Oder doch? Haben sie über ihren Tod hinaus noch Macht über dich? Gibt es noch andere Genossen von der A. L.? Die Marta läuft immer noch frei umher, das verdankt sie doch dir, denke ich. Du hast ihr das Leben gerettet, und was tut sie? Sie hat keinen anderen Gedanken, als dir nach dem Leben zu trachten. Seltsam. Findest du nicht?
Nein.
Sag nur, du findest das in Ordnung.
Die Marta war die einzige, die wirklich glaubte.
Woran?
An die Idee der Revolution.
Daran glaubten die anderen auch.
An die Idee? Nein. Sie wollten die Revolution. Aber bei dem Hin- und Hergerede, wie man Revolution macht, haben sie die Idee zerstört.
Warum hast du das nie zu Protokoll gegeben?
Ich habe Fragen beantwortet oder geschwiegen. Das Schweigen ist mir nicht gut bekommen. Die Gedanken habe ich für mich behalten; sie sind die letzte Zuflucht, das einzige im Menschen, das sich nicht foltern, verraten, töten läßt.
Karalus sagte: Hattest du schon immer so feine Ideen? Oder hast du erst nachher angefangen, klug zu werden?
Ich hatte viel Zeit. Die Dunkelheit verlängert die Zeit.
Wenn du nicht verlernt hast, dich zu freuen, müßtest du jetzt überglücklich sein, weil man dich in die Freiheit schickt.

Judas gab keine Antwort. Was sollte er mit dieser Freiheit anfangen? Im Kerker war er zweifellos sicherer gewesen als an jedem anderen Ort. Er sagte: Wenn du am See gewesen bist, mußt du ja wohl wissen, was die Leute dort über mich denken.
Als ich ihnen erzählte, daß ich den Judas kenne, wollten sie das zunächst nicht glauben; doch als sie merkten, daß wir befreundet sind, wäre es ihnen am liebsten gewesen, wenn ich gleich wieder gegangen wäre. Die mögen dich nicht mehr, weiß Gott, warum.
Und der Barabbas?
Der am allerwenigsten.
Was hat er gesagt?
Als ich mit ihm über dich reden wollte, hat er geschwiegen. Er schweigt überhaupt gern. Eines aber möchte er dir raten, und weißt du, was? An den See solltest du besser nicht mehr zurückgehen.
Wann werde ich entlassen, fragte Judas.
In zwei Stunden. Ich hole dich dann ab, erwiderte Karalus.
Judas durfte sich waschen, bekam seine Kleider zurück, zog sie an, ging wieder in seinen Kerker und wartete. Nie zuvor war ihm das Leben so gleichgültig gewesen.
Bist du soweit, fragte Karalus.
Judas nickte.
Ich mache dir ein Angebot. Die Stapo ist bereit, dich vor Racheakten deiner Genossen zu schützen; vielleicht laufen ja noch einige frei herum. Als Gegenleistung sollst du einen Mann observieren, der im ganzen Land für Unruhe sorgt. Du hast nichts anderes zu tun, als zu berichten, was er sagt. Und da du ohnehin nicht so recht weißt, was

du mit deiner Freiheit anfangen sollst, würde ich an deiner Stelle das Angebot annehmen.
Wie heißt der Mann?
Jesus.
Und wo finde ich ihn?
Das wird nicht schwierig sein. Ich gehe mit dir.
Als sie schon aus der Stadt waren, fragte Judas: Hast du mit meinem Vater über mich gesprochen?
Nein.
Ich hatte dich doch darum gebeten.
Er kennt dich nicht. Was sollte ich denn da machen?

23

Über dem See lagen noch letzte Nachtschatten, als der alte Mann mit dem Esel ins Dorf kam. Seit Jahr und Tag kam er mit einer gewissen Regelmäßigkeit an den See, nicht aber nach einem bestimmten Plan, und wenn er immer wieder nach Arbeit fragte, so tat er das mehr aus Gewohnheit als in der Hoffnung, tatsächlich Arbeit zu finden. Wer stets unterwegs ist, weil er kein Zuhause hat, mißtraut all denen, die ihr Leben in die Hände nehmen, die sich Ziele setzen und Pläne machen, er aber wird hineingeboren in eine lebenslange Wanderschaft und begnügt sich damit, nur das zu nehmen, was sich von selber findet. Dem alten Mann mit dem Esel paßte die Welt so, wie sie gerade war.

Die Leute vom See schliefen noch. Vor der Ladentür des Krämers Judas saß eine alte Frau und murmelte vor sich hin. Der alte Mann mit dem Esel blieb stehen, sah sie an, nahm den Hut vom Kopf, wünschte ihr einen guten Tag und ein langes Leben, aber die alte Frau beachtete ihn nicht und murmelte weiter. Was sie sagte, war nicht zu verstehen. Es mußte ihr sehr wichtig sein, denn sie ließ sich nicht stören. Der alte Mann mit dem Esel grüßte noch einmal, setzte seinen Hut wieder auf und wollte weiterziehen.

He du! rief die alte Frau.

Was ist?

Hast du meinen Sohn gesehen?

Deinen Sohn? Ich kenne deinen Sohn nicht.
Du lügst, sagte die alte Frau.
Der alte Mann mit dem Esel gab keine Antwort.
Ich habe gesagt, daß du lügst.
Ich kenne deinen Sohn nicht, wirklich nicht.
Und ich sage dir: Du lügst. Weißt du, woran ich das merke? Soll ich es dir sagen? Ich habe mit dem Teufel gesprochen. Und der Teufel hat mir prophezeit, er werde an den See kommen, und damit man ihn nicht erkenne, werde er sich als alter Mann verkleiden, einen Esel hinter sich herziehen, und wenn ihn jemand fragt, wer er sei und was er wolle, werde er nur sagen: Ich kenne niemanden und weiß von nichts. Also, sagte die alte Frau, bist du der Teufel.
Ich bin nicht der Teufel.
Das kannst du den Leuten vom See weismachen, nicht mir. Ich kenne dich wieder, und ich habe dich schon oft hier gesehen. Du kommst immer mal wieder vorbei, fragst die Leute, ob sie Arbeit für dich hätten, aber die Leute geben dir keine Arbeit, sie weisen dich ab und sagen: Geh weiter, alter Mann mit dem Esel, wir können dich nicht gebrauchen, wir haben selber keine Arbeit, warum sollen wir dir Arbeit verschaffen? Dann siehst du sie grinsend an, ziehst den Hut, setzt dich auf deinen Esel und reitest zurück in die Hölle. Doch kaum bist du fort, geschieht irgendein Unglück, jedesmal und immer wieder. Welches Unglück bringst du jetzt?
Ich bringe kein Unglück, warum sollte ich?
Was sollte der Teufel anderes tun, als Unglück zu bringen? Als du zum ersten Mal hier warst, verschwand der Judas, plötzlich und ohne jeden Grund; als du wieder an

den See kamst, ist mein Mann gestorben; das nächste Mal hat mir der Barabbas meine Schafe gestohlen, und dann hast du die fremden Männer an den See geschickt, die haben mir die Haare ausgerissen und meinen Kopf mit Blut beschmiert. Danach hast du uns eine Weile in Ruhe gelassen. Wir hatten schon gehofft, der Teufel mache einen Bogen um uns und komme nie mehr an den See zurück. Aber wir haben uns getäuscht. Wir sind auf dich hereingefallen, wir haben dich unterschätzt; plötzlich warst du wieder da. Und kaum warst du fort, hat mich mein Sohn verlassen, mein einziger, leiblicher Sohn. Was hast du mit meinem Sohn gemacht? Ist er in der Hölle? Hast du ihn in ein Tier verwandelt? Gib Antwort!
Und ich sage dir: Ich kenne deinen Sohn nicht. Ich weiß nicht einmal, daß du einen hast.
Du bist schlauer, als ich dachte, sagte sie. Doch was wäre der Teufel, wenn er nicht schlau wäre? Aber ich bin auch schlau. Ich habe dich belogen. Ich bin die Jungfrau Anna.
Wie heißt du?
Sie schwieg.
Krämer Judas kam, um die Ladentür zu öffnen. Was wollt ihr denn hier, fragte er. Habt ihr nichts Besseres zu tun, als vor meinem Laden herumzulungern?
Mich vertreibst du nicht, erwiderte die Mutter des Johannes, denn ich bin die Anna.
Seit wann bist du die Anna?
Für dich bin ich die Anna, und der dort ist der Teufel.
So.
Und wir wollen die Lena besuchen.
Welche Lena?

Die Lena vom Tobiaswirt. Die liegt in deinem Bett, und gerade noch hast du mit ihr geschlafen!
Was habe ich?
Weißt du nicht einmal, mit wem du schläfst? Du bist wohl nicht ganz richtig im Kopf. Der Tobiaswirt hat gestern abend seinen Karren aus dem Schuppen geholt, leere Weinfässer darauf geladen und ist fortgefahren. Eine halbe Stunde später ist die Lena aus dem Haus gekommen. Die Lena, sage ich, und ich habe sie selber gesehen. Und soll ich dir sagen, wohin sie gegangen ist?
Du bist noch viel verrückter, als die Leute glauben, erwiderte Krämer Judas, packte die Mutter des Johannes, zerrte sie von der Ladentür weg und stieß sie auf die Straße. Der alte Mann mit dem Esel hob sie auf, klopfte ihr den Staub vom Rock, legte seinen Arm um sie und wollte mit ihr fortgehen. Aber die Mutter des Johannes riß sich los, stellte sich vor den Judas hin, spuckte vor ihm aus und rief: Ich weiß alles, und ich weiß mehr, als den Leuten lieb ist. Und von dir weiß ich, daß die Lena in deinem Bett liegt. Du Sohn einer Hure, du ...
Krämer Judas schlug ihr ins Gesicht. Die Mutter des Johannes sah ihn an, und ihr Gesicht wurde glatt, weich, friedlich, sie lächelte, faltete die Hände und sagte: Ich bin doch die Anna, Krämer, erkennst du mich nicht? Was habe ich dir getan? Warum schlägst du mich? Verzeih mir, ich will für dich beten.
Dann nahm sie die Hände des Krämers, küßte sie, kniete nieder, küßte die Hände noch einmal und immer wieder, stand auf, verneigte sich und sagte: Gott sei uns gnädig, Krämer, hielt die Arme vor ihre Brust, verneigte sich und ging.

Der alte Mann mit dem Esel fragte: Wer ist die Frau?
Eine Verrückte.
Sie glaubt, ich sei der Teufel.
Ich habe zu tun, erwiderte Krämer Judas. Und du, du solltest jetzt deiner Wege gehen.

Kurze Zeit später kamen die ersten Kunden. Es war das Gerücht aufgekommen, der Krämer gebe an diesem Tag seine Waren billiger ab, manche sogar umsonst, und Gerüchte haben die Eigenschaft, daß man sie lieber glaubt als manche Wahrheit. Maria war gekommen, natürlich die Lena, sogar Lehrer Barabbas, und sie alle versicherten dem alten Judas, daß er gut daran tue, sich endlich zur Ruhe zu setzen und sein Geschäft in jüngere Hände zu legen. Die Wechselstube wollte er allerdings weiterführen; schließlich müsse er noch ein Zubrot verdienen, sagte er, Reichtümer habe er am See nicht sammeln können, und wenn sein Sohn noch lebte, wäre ohnehin alles anders gekommen. Wenn er von seinem Sohn redete, sprach der alte Judas stets wie von einem Toten, und die Leute vom See beließen es dabei.
Mit dem Tobiaswirt war er schnell einig geworden. Lagerbestände und Einrichtung wurden zu einem Festpreis übernommen, vom Verkauf sollte Krämer Judas ein Zehntel erhalten, und die Lena würde schon dafür sorgen, daß der Krämerladen auch weiterhin gedieh.
Lehrer Barabbas spottete: Hast du keinen besseren Wein, Judas?
Geh doch zum Tobiaswirt, da kannst du leicht prüfen, wer den besseren Wein hat, er oder ich.
Maria meinte, nun sei es doch egal, ob der Wein vom

Tobiaswirt oder aus dem Krämerladen komme, das Geld fließe ohnehin in dieselbe Kasse.
Es sei denn, erwiderte Lehrer Barabbas, der Tobiaswirt und die Lena treten in Konkurrenz.
Wie meinst du das, fragte Krämer Judas.
Ich meine das so, wie ich es gesagt habe. Warum fragst du?
Wo ist der Tobiaswirt eigentlich? Der müßte doch längst hier sein.
Der ist gestern weggefahren.
Wohin?
Was weiß ich, antwortete Lena. Er hat seinen Karren geholt, ihn mit leeren Weinfässern beladen, und irgendwann wird er wohl wiederkommen. Er sagt doch mir nicht, wohin er geht.
Maria meinte: Wie willst du das bloß schaffen? Du mußt im Wirtshaus sein, du mußt im Laden bedienen, du mußt putzen und verkaufen, putzen und bewirten, putzen und kochen, Geschirr spülen, Wäsche waschen und von morgens bis abends freundlich sein. Das steht doch kein Mensch durch.
Es gab Käse und Wein, und alle konnten davon nehmen, soviel sie wollten. Lena verschenkte Brot, Gewürze, Gemüse, und die Leute vom See schwätzten, lachten, wünschten der Lena Glück und alles, alles Gute, und natürlich würden sie auch weiterhin gute Kunden bleiben, das sei doch selbstverständlich, keine Sorge. Krämer Judas stieß mit jedem an, machte seine Sprüche, sagte, so sei der Lauf der Welt, ein ständiges Auf und Ab, man müsse das Leben nehmen, wie es komme, auch er wünsche der Lena Glück und Erfolg, schließlich sei er ja nicht

aus der Welt, Gott sei Dank, mit Rat und Tat jedenfalls stehe er allzeit zur Verfügung. Die Leute vom See tranken auf die Lena und auf den alten Judas, Lehrer Barabbas zitierte den Propheten Esra, der gesagt habe: »Gehet hin, eßt fette Speisen und trinkt süßen Wein, denn dieser Tag ist unserem Herrn heilig!«, worauf der alte Judas meinte, heilig hin, heilig her, man müsse die Feste feiern, wie sie fallen, und als die ersten Kunden gehen wollten, verabschiedete sich auch die Maria, ihre Ziegen warteten, die Lena werde es schon schaffen, morgen sei auch noch ein Tag, dann werde man weitersehen.

Richtig froh war sie nicht. Sie gönnte der Lena ihr Glück, nur: War es denn Glück? Was eigentlich macht glücklich? Geld? Erfolg? Ansehen? Der Neid anderer? Ihr Glück war das nicht, und als Maria die Wiesen hinaufging, hoben die Ziegen ihre Köpfe, und einige liefen ihr entgegen.

Vor dem Holzschuppen saß eine junge Frau, blickte kurz auf und sagte: Bist du die Maria?

Ja. Und wer bist du?

Ich möchte mit dem Judas sprechen.

Der ist nicht mehr am See. Er soll in der Stadt sein.

Du meinst, im Gefängnis?

Davon habe ich gehört. Ob es wahr ist, weiß ich nicht.

Es ist wahr.

So. Und woher willst du das wissen?

Man hat ihn vor einigen Tagen freigelassen, und ich dachte, er sei an den See zurückgekommen.

Willst du mir nicht mal sagen, wer du bist und was du mit dem Judas zu tun hast?

Wir waren zusammen bei der A. L.; wir sind Genossen.

Doch die Stapo hat drei von uns umgebracht. Nur ich konnte entkommen. Ich, und auf seine Weise auch der Judas. Und wenn du willst, kannst du mich jetzt anzeigen und eine schöne Belohnung kassieren.
Ich zeige niemanden an.
Man wird eben mißtrauisch, verstehst du?
Das ist deine Sache.
Maria setzte sich neben Marta und sah sie an. Wenn die junge Frau bei der A. L. ist, dachte Maria, hat sie auch Verbrechen begangen. Aber, dachte sie, wie eine Verbrecherin sieht sie nicht aus, eher wie die Tochter reicher Eltern, die man von Kind auf verwöhnt hat.
Ich bin die Marta, sagte sie.
Was willst du denn vom Judas?
Er hat uns verraten. Und nun möchte ich ihm noch einmal ins Gesicht sehen.
Sonst nichts?
Er ist ein Verräter, und Verräter müssen vernichtet werden. Aber, mir hat er das Leben gerettet. Er hat als Spitzel für die Stapo gearbeitet und meine Freunde in den Kerker gebracht. Mir hat er im letzten Augenblick einen Wink gegeben, und ich konnte entkommen.
Maria sagte: Hast du keine Angst, entdeckt zu werden?
Wer Angst hat, kommt schneller um.
Was willst du jetzt tun?
Weitermachen.
Wie weiter?
Ich werde wieder von vorn anfangen und die A. L. neu aufbauen. Und ich werde das solange tun, bis die Revolution ihr Ziel erreicht hat.

Viel wahrscheinlicher ist, daß man dich verhaftet und ebenfalls umbringt.
Das läßt sich nicht ändern.
Maria schwieg. Sie hatte Mitleid mit ihr, aber Mitleid war zweifellos das letzte, was Marta ertragen würde.
Du spielst recht leichtfertig mit dem Leben.
Wir spielen alle mit dem Leben, erwiderte Marta. Und für die meisten Menschen ist das ganze Leben nichts anderes, als der jämmerliche Versuch, das bißchen Tod hinauszuzögern. Mein Leben ist das nicht.
Du kannst mit deinem Leben machen, was du willst. Nur, laß auch die anderen ihr Leben leben. Du hast kein Recht, ihnen deine Vorstellungen aufzuzwingen. Wie kommst du dazu, den Leuten vom See ihren Frieden zu nehmen?
Damit ihre Kinder in eine Welt hineinwachsen, die von Grund auf friedlich ist. Deine Leute vom See haben keinen Frieden, wie du sagst, den machen sie sich bloß vor, das weißt du genausogut wie ich.
Und um euren Frieden zu erreichen, müßt ihr erst mal alles kaputtschlagen?
Weißt du einen besseren Weg?
Maria gab keine Antwort. Marta stand auf, hielt ihr die Hand hin und wollte gehen.
Wirst du weiter nach dem Judas suchen, fragte Maria.
Bis ich ihn gefunden habe.
Das kann lange dauern.
Ich glaube nicht. Man hat mir einen Hinweis gegeben. Wenn der Judas nicht am See sei, hat man mir gesagt, werde er wahrscheinlich hinter dem Jesus herziehen; ich bin ganz gut informiert, weißt du.

Hinter dem Jesus? Hältst du das für möglich?
Warum nicht? Der hat großen Zulauf und viel Volk um sich. Da kann man leicht untertauchen.
Weißt du Genaueres über ihn?
Nicht viel.
Für einen besseren Frieden soll er auch sein.
Für einen Frieden irgendwann im Jenseits. So lange kann ich nicht warten.
Maria sagte: Wenn du ein paar Stunden schlafen willst, kannst du hierbleiben. Leg dich in den Holzschuppen, da findet dich niemand.
Wenn der Judas doch wieder an den See kommen sollte, sagte Marta, grüß ihn von mir.

24

Markus hatte die Netze ausgelegt und war zu seiner Hütte zurückgerudert. Graugelbe Wolken schoben sich vor die Sonne und bald, dachte Markus, wird es Regen geben. Seit Wochen schon hatte er an seiner Hütte gezimmert, den Fußboden neu verlegt, Türen und Fenster ausgebessert und zwischen seinem Schlafraum und dem Geräteschuppen eine neue Wand gezogen. Am Abend wollte Maria kommen und die Nacht über bei ihm bleiben. Sie hatten lange darüber gesprochen, ob und wie sie Lehrer Barabbas beibringen könnten, daß seine Tochter nicht mehr jeden Abend nach Hause komme, und Markus hatte gemeint, es sei wohl am besten, ihm gar nichts zu sagen und abzuwarten, wie er reagieren würde. Maria hatte das abgelehnt. Sie tue, was sie für richtig halte, hatte sie geantwortet, und es passe ihr nicht, um eine Sache herumzureden. Die Wolken hatten sich zusammengezogen und den Himmel zugedeckt. Es regnete.

Der Gemeinderat tagte. Irgend etwas müsse nun mit der Mutter des Johannes geschehen, erklärte Lehrer Barabbas, man könne die alte Frau nicht bis an ihr Lebensende durchs Dorf irren lassen, irgend jemand müsse sich ihrer annehmen.
Aber wer?
Einer sagte: Wie wär's denn mit dir, Lehrer?
Wieso ich? Was soll ich denn mit der Frau anfangen?

Ihr sagt immer, sie sei eine alte Frau. Wie alt ist sie denn?
Also, meinte Krämer Judas, ich will mich da nicht festlegen, aber als der kleine Johannes geboren wurde, ging sie bestimmt schon auf die Vierzig zu.
Aber heute sieht sie fast doppelt so alt aus.
Wundert dich das? Wer den Verstand verliert, verliert auch die Kontrolle über sein Gesicht.
Und was machen wir mit ihr? Will sie niemand haben?
Ich kümmere mich um sie, sagte die Lena.

Simon hatte keine Arbeit gefunden und war wieder auf dem Heimweg. Wie er in den nächsten Monaten sein Brot verdienen sollte, wußte er nicht. Irgend etwas mußte geschehen. Aber was? Und wie?

Lehrer Barabbas war in den Krämerladen gegangen, grüßte die Lena, fragte, wie das Geschäft gehe, ja, antwortete Lena, ganz gut, was kann ich für dich tun?
Ich habe dir etwas mitgebracht, antwortete Lehrer Barabbas, zog ein Papier aus der Tasche, faltete es auseinander, strich es glatt und sagte, ich lese dir das einmal vor: »Wird ein Mann dabei angetroffen, wie er einer verheirateten Frau beiwohnt, so müssen beide sterben, der Mann, der der Frau beiwohnte, und auch die Frau... Führet beide zum Stadttor hinaus und steinigt sie zu Tode.«
Von wem ist denn das, fragte Lena.
Es ist das Wort Gottes, verkündet von dem Moses.
Und warum kommst du her und liest mir das vor?

Es hatte sich herumgesprochen, daß Jesus in der Nähe war. Er werde wieder predigen, hieß es, und wer ihm zuhören wolle, brauche sich nur denen anzuschließen, die ihm nachpilgerten.
Willst du ihn auch einmal hören, fragte Judas.
Nein.
Also soll ich ihn allein beobachten?
Du machst das schon, erwiderte Karalus.
Und wenn nicht?
Wir vertrauen dir.
Wäre Kontrolle nicht besser?
Bei dir nicht. Wie willst du es denn anstellen, uns zu entkommen?
Judas schwieg.

Jeden Morgen, wenn Lena die Ladentür öffnete, kam Krämer Judas aus der Wechselstube, gab ihr einen Kuß, faßte ihr an den Busen, und wenn sie sich wehrte, lachte er, zog seinen Rock über und ging ins Wirtshaus. Der Tobias brachte ihm gleich einen großen Krug mit Wein, sagte, er habe zu tun, Krämer Judas möge sich selber bedienen und, sagte er, du säufst dich noch zu Tode.
Ist es dein Tod oder meiner?
Gott sei Dank deiner, erwiderte der Tobias.

Lehrer Barabbas sagte: Seit einer halben Stunde warten wir auf dich.
Ich kann nichts dafür, erwiderte Barabbas, ein Schaf hat sich den Knöchel gebrochen.
Maria hatte den Tisch gedeckt, Lehrer Barabbas sprach das Abendgebet, sie aßen.

Der Judas ist wieder frei, sagte Maria.
So.
Sie schwiegen.
Sagt ihr nichts dazu?
Was soll man dazu sagen?
Vielleicht könnte ihm jemand helfen?
Wie, fragte Lehrer Barabbas.
Du könntest doch mit dem alten Judas reden und ihm sagen, er solle seinem Sohn verzeihen und ihn wieder aufnehmen.
Und was versprichst du dir davon? Meinst du, der alte Judas würde mich auch nur ausreden lassen? Sein Sohn ist tot für ihn, und daran ändert niemand etwas.
Wenn man nie etwas versucht, wird sich auch nie etwas ändern, antwortete Maria.
Sie schwiegen.
Woher weißt du das eigentlich, fragte Barabbas.
Was?
Daß der Judas wieder frei ist.
Man erzählt es sich.
Wer erzählt was?
Die Leute. Frag sie doch selber.
Ich frage keine Leute, sagte Barabbas.
Sie aßen, schwiegen.
Barabbas sagte: Ist der Karalus wieder am See gewesen?
Wie kommst du denn darauf, fragte Maria.
Der weiß doch immer alles, und ein Freund des Judas ist er auch.
Und jetzt meinst du, von ihm wüßte ich, daß der Judas aus dem Gefängnis ist?

Das meine ich.
Aber damit bist du im Irrtum, sagte Maria.

Die Mutter des Johannes kam in den Krämerladen, hielt eine Katze im Arm und fragte: Kennst du mich?
Natürlich, antwortete die Lena.
Wie heiße ich denn?
Anna. Du bist die Anna, warum fragst du?
Ich habe dir eine Katze mitgebracht, und wenn du mir ein Brot schenkst, darfst du sie behalten.
Das ist lieb von dir, sagte Lena.

25

Der Simon war wieder am See, und bevor er ins Dorf ging, wollte er erst einmal mit dem Markus reden. Er kam an die Fischerhütte, sah, daß Markus das Holzhaus rundherum ausgebessert oder neu hergerichtet hatte, setzte sich ans Ufer und blickte hinaus auf den See. Wie immer war er die Nacht durchgewandert; der Morgen war blaß und neblig, die Sonne hatte es schwer, sich durchzusetzen. Simon legte sich ins Gras und schlief ein.

Als er erwachte, war es schon Mittag. Markus saß auf der Bank vor seiner Hütte und flickte die Netze. Simon sagte: Da bin ich also wieder.

Du warst lange fort, diesmal, sagte Markus.

Es wird von Jahr zu Jahr schwieriger, Arbeit zu finden.

Und was hast du jetzt vor?

Simon erwiderte: Da ist einer noch jung, stark, willig und kräftig, und er sucht Arbeit. Mit seiner Arbeit will er natürlich Geld verdienen, aber Geld ist nicht die Hauptsache. Die Hauptsache ist: etwas anzufangen, anzupakken, etwas zu tun, und sei es Holz hacken oder Reisig sammeln oder Ziegen melken. Also ziehst du umher, klopfst da an und dort an, doch ehe du überhaupt gesagt hast, was du möchtest, schlägt man dir die Tür vor der Nase zu. Du bittest, betest, bettelst, nichts hilft. Und dann? Was machst du dann?

Markus schwieg.

Dann weißt du nicht mehr weiter. Dann stehst du da, siehst dich um, blickst auf Felder, Wiesen, Wälder, Weinberge, überall gibt es etwas zu tun, nur nicht für dich. Du wirst nicht gebraucht. Du bist unerwünscht, überflüssig. Was nun?

Vielleicht, antwortete Markus, bleibst du ganz am See. Wir werden schon etwas für dich finden.

Ich will kein Almosen.

Wer redet von Almosen? Ich rede von Arbeit. Richtiger, handfester Arbeit.

Und wer kann mir die verschaffen?

Markus sagte: Ich will uns ein paar Fische rösten, du bist sicher hungrig.

Wenn du soviel Zeit hast.

Zeit genug. Machst du Feuer?

Markus dachte, irgend etwas müsse sich doch finden lassen für den Simon, aber es würde nicht leicht sein. Wer Arbeit hat, verteidigt sie, jeder ist sich selbst der Nächste, auch am See, und fragte: Ist der kleine Johannes schon vorausgegangen?

Der ist gar nicht mitgekommen. Wir haben unterwegs ein paar Leute getroffen, Anhänger des Jesus, und denen hat er sich angeschlossen.

Und wo ist er jetzt?

Was weiß ich. Er wollte es so. Ich habe auf ihn eingeredet, habe ihm gesagt, er sei noch zu jung, um allein durch die Welt zu ziehen, aber er ließ sich nicht beirren, verstehst du?

Er ist dir anvertraut worden.

Wer? Wer hat ihn mir anvertraut? Seine Mutter? Du? Die Maria?

Die Leute vom See.
Die Leute vom See haben ihm auch nicht helfen können, die wissen nicht einmal, wie sie mit seiner verrückten Mutter fertig werden sollen. Nein, so darfst du nicht mit mir reden, Markus, wenn ich nicht gewesen wäre, hätte der Johannes überhaupt niemand gehabt, lungerte jetzt am See herum und bettelte sich sein tägliches Brot zusammen.
Hoffentlich findet er sich draußen zurecht.
Wir alle haben es lernen müssen.
Markus nahm die Fische vom Feuer, bestreute sie mit Salz, holte Brot und Ziegenmilch und bat den Simon zu Tisch.
Ist der neu?
Ich habe ihn letzte Woche gezimmert. Gefällt er dir?
Gerade recht für zwei Personen.
Ja.
Für dich und für die Maria.
So ist es.
Simon fragte: Wann ist es denn soweit?
Im Herbst, antwortete Markus, denn einig sind wir uns ja lange genug.
Sie aßen, schwiegen, am Ufer saß eine Katze, sie warfen ihr die Fischreste zu.
Ich wüßte tatsächlich etwas für dich, sagte Markus.
Nämlich?
Die Mutter des Johannes wohnt doch jetzt beim Tobiaswirt.
Seit wann?
Die Lena hat ihr ein Dachzimmer gegeben und verköstigt sie. Dafür hält sie das Wirtshaus sauber, putzt, wäscht,

kocht und macht eigentlich alles, was so getan werden muß.
Und was hat das mit mir zu tun?
Du könntest in ihr Haus ziehen, das steht jetzt leer. Es ist zwar heruntergekommen, aber was soll's? Der Garten ist da, ein Stück Land und ein paar Morgen Weinberg. Das wäre doch ein Anfang für dich, und über Almosen brauchten wir nicht mehr zu reden.
Und was ist, wenn der kleine Johannes zurückkommt?
Der findet ein schönes Haus vor, einen grünen Garten, Korn, das gelb und hoch steht und schwarzrote Trauben, die nur darauf warten, gekeltert zu werden.
Nein, erwiderte Simon, das mache ich nicht.
Kannst du mir sagen, warum nicht?
Ich schleiche mich doch nicht in ein Haus ein, das mir nicht gehört. Und soll ich vielleicht Land beackern, das mir nicht zusteht? Wofür hältst du mich?
Ich weiß nicht, wofür du dich hältst, es geht mich auch nichts an. Ich weiß aber, was ich vom kleinen Johannes zu halten habe. Und weißt du, was der sagen wird, wenn er wieder an den See kommt, sein Vaterhaus sieht, den blühenden Garten und die schweren Trauben? Weißt du das?
Simon gab keine Antwort.
Aber ich weiß es. Er wird fragen: Welcher gute Geist ist denn hier am Werk gewesen? Träume ich? Ist es Wirklichkeit? Oder ein Wunder? Und dann sagst du: Nichts von alledem. Ich war es, der Simon, gefällt es dir?
Und weiter?
Was weiter?

Dann zieht der Johannes ein in sein neues Haus, sonnt sich im Garten und erntet, was ich gesät habe.
Wenn du das von ihm denkst, erwiderte Markus, bist du allerdings der falsche Mann. Es tut mir leid, daß ich dir diesen Vorschlag gemacht habe. Du bist es nicht wert, daß man dir helfen will, und solchen Leuten, wie du einer bist, bleibt mit Recht nichts anderes übrig, als um Almosen zu betteln.
Ich wollte dich nicht beleidigen, sagte Simon.
Das hast du aber.

26

Ein solches Fest hatte es seit Jahr und Tag am See nicht mehr gegeben. Am frühen Morgen war der Johannes ins Dorf gekommen, hatte die Leute aus ihren Häusern geholt, war auf die Felder, in die Weinberge, an den See gerannt, lief zum Schmied, zum Lehrer Barabbas, zum Simon, zum Markus, zur Maria, zum Tobiaswirt, zum Krämer Judas, zum Barabbas, Leute, rief er ihnen zu, Leute vom See, der Jesus kommt, ihr müßt die Arbeit niederlegen und zu ihm gehen, es ist wichtig für euch, ihr müßt ihn hören und sehen, mit ihm beten und an ihn glauben, ihr alle, kommt, er hat euch etwas zu sagen, das ihr noch nie zuvor gehört habt, bitte, Leute vom See, tut es mir zuliebe, ihm zuliebe, es ist wichtig für euch, glaubt mir, eure Arbeit könnt ihr immer noch erledigen, morgen, übermorgen, euer ganzes Leben lang, ihm aber werdet ihr so bald nicht mehr begegnen, er kann ja nicht überall sein, ihr müßt schon zu ihm kommen, denn er liebt euch und verkündigt euch Gottes Wort, er gibt euch euren Frieden wieder, bitte, Leute vom See, ihr habt doch nichts zu versäumen, opfert ihm einen Tag, einen einzigen, winzigen Tag, er wird euch dafür ein Leben lang belohnen, es ist wichtig für euch, viel wichtiger als eure Arbeit, eure Schafe und Ziegen und Fische, wichtiger noch als euer tägliches Brot, bitte, Leute vom See, ich flehe euch an, kommt alle mit mir, es ist nicht weit zu ihm, was ihr opfert, sind zwei, drei Stunden, nicht mehr,

doch wenn ihr ihn einmal gehört, gesehen, miterlebt habt, werdet ihr tausend Stunden davon zehren, ihr werdet euer Leben ändern, euren Nächsten lieben, Frieden haben, Frieden mit euch, mit dem Nachbarn, mit dem Tod, mit Gott, bitte, geht alle mit mir, damit Jesus weiß: Die Leute vom See, das sind ganz besondere Leute, die hören mich an, die tun, was ich sage, die glauben an mich, auf die schaut Gott gern herab, die Leute vom See machen mir Ehre, auf die kann ich mich verlassen, bitte, rief Johannes, enttäuscht ihn nicht, folgt mir nach, ich zeige euch den Weg.
Die Leute vom See hörten ihm zu, sagten aber, sie würden dem Johannes ja gern den Gefallen tun, im Augenblick jedoch passe es ihnen nicht, ein andermal gern, und Lehrer Barabbas erwiderte: Ich brauche den Jesus nicht. Mein Gott ist mir auch ohne ihn sicher.
Der Tobiaswirt sagte: Geh du nur hin, Johannes, ich selber habe wenig Zeit. Wenn der Jesus mir etwas zu sagen hat, kann er gern zu mir kommen, darüber würde ich mich freuen.
Krämer Judas sagte, Gott habe ihm seinen Sohn genommen, und darüber könne ihn niemand hinwegtrösten, auch kein Jesus.
Barabbas war gerade dabei, einem Muttertier die Geburt eines Lammes zu erleichtern. Das Tier keuchte, zuckte mit den Beinen und hatte weitaufgerissene Augen. Barabbas biß die Nabelschnur durch und sagte, im Augenblick könne er nicht fort, das sehe man doch.
Maria, Markus und Simon folgten dem Johannes, und als sie am frühen Abend zurückkamen, gab der Tobiaswirt sein Fest, denn, sagte er, die Lena sei schwanger, warum

solle er lange darum herumreden, bald werde es ohnehin jeder merken, lachte, strich der Lena über den Bauch, lachte, sagte, in fünf Monaten werde er endlich seinen Sohn haben, und, rief er, freut euch mit mir, trinkt, was ihr vertragen könnt, heute bezahle ich, ihr seid meine Gäste.

Der kleine Johannes stellte sich auf einen Schemel, damit ihn alle sehen konnten, und sagte: Seid mal einen Augenblick still! Wir kommen gerade vom Jesus, die Maria, der Markus, der Simon und ich, und ich will euch bloß sagen, was er euch zu verkünden hat, seid doch mal still, ich bitte euch... Aber die Leute vom See ließen ihn nicht weiterreden, hör endlich auf mit deinem Jesus, sagten sie, wir wollen feiern, trinken, tanzen, fröhlich sein, die Lena schenkt dem Tobiaswirt einen Sohn, erzähl uns deine Geschichten ein andermal, und sie zogen den Johannes vom Schemel herunter, schoben ihn beiseite, lachten, gröhlten, tanzten, und plötzlich war auch der Karalus mitten unter ihnen, nahm sich die Maria, tanzte mit ihr zwischen den Tischen hindurch, sagte: Du bist die Schönste am See, gab ihr einen Kuß auf den Hals und flüsterte ihr zu: Ich muß dich mal allein sprechen, hörst du? Es ist wegen der Marta.

Barabbas saß allein an einem Ecktisch und starrte vor sich hin. Markus und Simon kamen, grüßten und setzten sich zu ihm. Die Lena brachte Wein.

Barabbas sagte: Wo kommt denn der Karalus so plötzlich her?

Der war mit uns. Und weißt du, wen wir noch gesehen haben? Den Judas. Der saß zu Füßen des Jesus, mitten unter den Jüngern, und benahm sich so, als habe er sein

Leben lang nichts anderes getan, als dem Jesus nachzufolgen, so selbstverständlich saß er da.
Und was, fragte Barabbas, hatte der Karalus dabei zu suchen?
Hören, was Jesus zu sagen hat, warum sollte er nicht? Tausend andere sind ja ebenfalls dagewesen.
So.
Karalus kam mit der Maria an den Tisch und setzte sich zu ihnen. Noch immer hielt er die Hand der Maria.
Markus schwieg. Barabbas stand auf und wollte gehen.
Was ist, fragte Maria, wollen wir nicht darüber reden, was er uns verkündigt hat? Ich kann das nicht einfach für mich behalten. Solche Worte hört man doch nicht alle Tage. Habt ihr denn nicht den Wunsch, miteinander zu reden und euch zu fragen, was das alles zu bedeuten hat?
Aber nicht hier, sagte Barabbas.
Sondern?
Wir könnten zu mir gehen, meinte Markus. Ich habe es jetzt gemütlich in meiner Hütte, und guten Wein gibt es auch bei mir.
Karalus fragte, ob er mitkommen dürfe, er würde sich gern an dem Gespräch beteiligen.
Nein, erwiderte Barabbas. Du nicht.
Die anderen schwiegen.
Es war bloß eine Frage, sagte Karalus, natürlich will ich mich nicht aufdrängen.
Barabbas ging hinaus; Markus, Maria und der Simon folgten ihm. Als sie draußen waren, sagte Maria: Wenn du ihn nicht leiden kannst, ist das deine Sache. Trotzdem könntest du ihn etwas anständiger behandeln.

Barabbas gab keine Antwort.
Simon fragte: Wo ist eigentlich der Johannes?
Um Gottes willen, ja, der Johannes, was war denn mit dem?
Maria ging zurück ins Wirtshaus, sah sich überall um, fragte jeden, ob er den Johannes gesehen habe, aber niemand wußte etwas, und dann stand der Karalus hinter ihr, faßte ihre Schultern, küßte ihren Nacken, sagte: Wann sehen wir uns denn, allein, verstehst du, ist da etwas zu machen?, doch Maria stieß ihn weg, ging zu Lena, fragte, ob sie wisse, wo der Johannes sei, nein, erwiderte Lena, das wisse sie nicht, vielleicht sei er in der Dachkammer, bei seiner Mutter, aber dort war niemand, die Tür war versperrt, Maria ging wieder hinunter, in die Küche, in den Geräteschuppen, an den Brunnen. Junge, sagte sie, was machst du denn hier draußen?, willst du nicht mit uns gehen?, wir wollen noch zum Markus, der Simon, der Barabbas und ich, und du mußt dabeisein, dein Wort ist uns wichtig, komm, sagte Maria, nahm seinen Kopf, preßte ihn an die Brust, streichelte ihm durchs Haar, über die Augen, die Lippen, Johannes weinte, wollte etwas sagen, aber die Tränen erstickten seine Worte, warte, sagte Maria, ich komme gleich wieder zurück, ging durchs Wirtshaus hinaus auf die Straße, Barabbas fragte: Was ist? Hast du ihn gefunden?, nein, antwortete Maria, geht schon voraus, ich komme nach, irgendwo muß er ja sein, und dann bringe ich ihn mit, immerhin hat er uns zu Jesus geführt, also darf er auch nicht fehlen, wenn wir über die Predigt Jesu reden, er ist ja kein kleiner Junge mehr, längst nicht mehr, geht nur voraus, sobald ich ihn gefunden habe, kommen wir nach.

27

Maria sagte: Und er saß zu den Füßen des Jesus, hätte seinen Rock fassen können, versteht ihr das?
Vielleicht war es Zufall.
Wenn der Judas tatsächlich zu den Jüngern gehört, muß er schon eine seltsame Wandlung erfahren haben, sagte Markus.
Niemand kann in die Seele des anderen hineinsehen, und Jesus wird schon wissen, was er tut.
Johannes sagte: Ist euch denn der Judas so wichtig? Solltet ihr nicht lieber darüber reden, was *er* gesagt hat? Oder hat euch das nicht berührt?
Bist du denn fest überzeugt, daß wir das Reich Gottes tatsächlich noch erleben, fragte Simon. Ich kann das immer noch nicht glauben.
Natürlich wirst du es erleben, antwortete Johannes. Er hat es doch gesagt. Wenn du aber nicht glaubst, nicht glauben willst, dann kann dir nicht geholfen werden. Dann wirst du so bleiben, wie du bist, in Armut leben und Angst haben und Gott fürchten. Willst du das? Du kannst das nicht wollen, denn du, die Maria, ich, wir alle sind ja gerade auserwählt, das Reich Gottes herbeizubeten und an die neue Gerechtigkeit zu glauben.
Barabbas sagte: Warum gerade wir? Wir sind doch nichts besonderes.
Vielleicht doch. Er hat uns nämlich verheißen, daß es eine bessere Gerechtigkeit gibt, daß die Armen, die

Barmherzigen, die Friedfertigen selig sind und nicht jene, die von ihrem Gott reden und sich alle Reichtümer zusammenscheffeln.
Und die, sagte Markus, wollen doch gar keinen Gott. Wozu brauchten sie ihn? Was hat ein Gott ihnen noch zu bieten? Reichtum? Den haben sie. Glück? Sie wissen gar nicht, was Unglück ist. Barmherzigkeit? Kennen sie nicht. Frieden? Der gefällt ihnen, solange sie selber die Welt beherrschen. Trost? Benötigen sie nicht. Gnade? Bedürfen sie nicht. Gott? Wenn der alles beim Alten beläßt, wollen sie ihn liebend gern lobpreisen.
Wenn er so etwas gesagt hat, erwiderte Barabbas, verstößt er damit gegen alle Gesetze.
Na und? Meinst du, das machte ihm irgend etwas aus? So kannst du nur reden, weil du ihn nicht selber gehört hast.
Warum sollte ich? Sind die zehn Gebote nicht ausreichend? mir genügen sie.
Weil du dich damit abgefunden hast, bloß Befehlsempfänger zu sein. Gott ordnet an, der Mensch führt aus. Dieses sollst du tun, jenes hast du zu lassen. Du sollst nicht töten, Vater und Mutter ehren, du sollst nicht die Ehe brechen, und du sollst nicht stehlen. Gott befiehlt, der Mensch gehorcht. Aber bist du schon deshalb gottgefällig, weil du nicht stiehlst, nicht tötest, Vater und Mutter ehrst? Hängt davon deine Seligkeit ab? Hast du von Gott nur Befehle zu erwarten? Nur Strafen? Nur seinen Zorn? Kannst du dir nicht vorstellen, daß er dich, mich, uns alle auch liebhat? Wir sind doch seine Geschöpfe. Er hat uns doch in die Welt gesetzt. Und er kann uns doch nicht in die Welt gesetzt haben, um uns

ein Leben lang Angst zu machen. Alles Leben wird aus der Liebe geboren; die Frage ist nur, wen man lieb behält, wem man Liebe schenkt. Und wem schenkt Gott seine Liebe? Den Reichen, den Priestern, der Obrigkeit, dem Staat, den Herrschenden? Er schenkt sie den Armen, den Ausgestoßenen, den Verfolgten, und also, sagte Johannes, schenkt er sie auch uns.
Aber ich sage dir noch einmal: er verstößt damit gegen alle Gesetze, antwortete Barabbas.
Welche Gesetze?
Gegen die Gesetze des Staates. Und zumindest auf Erden hast du diese Gesetze zu befolgen. Ob das im Himmel anders ist, wird sich herausstellen; im Augenblick nützt dich der Himmel wenig.
Wenn das Reich Gottes kommt, wird der Staat überflüssig.
Und der Staat nimmt das gelassen hin, weil irgendein Jesus kommt und verkündet: Was ihr bisher geglaubt habt, war falsch, hört nur auf mich, ich lehre euch die bessere Gerechtigkeit...
Er spricht die Wahrheit, und die Wahrheit ist mehr als der Staat.
Also will er die Revolution, erwiderte Barabbas, und somit paßt der Judas sehr gut zu ihm und zu seinen Gefolgsleuten.
Der Judas wollte nie das Reich Gottes.
Und hatte trotzdem dieselben Argumente. Schlagt die Reichen tot! Verteufelt die Priester! Rottet die Herrschenden aus! Wo ist der Unterschied?
Ehe du die Welt verbessern kannst, sagte Johannes, mußt du zuvor selber besser werden, und das schaffst du eben

nie durch Befehl, durch Gewalt, durch Rache. Gott macht dir ein Angebot, und wenn die Menschen es annehmen, haben sie die Chance zu überleben. Du mußt ein Anderer werden.

Wie?

Indem du die Macht des Bösen fürchtest und nicht mehr die Macht des Staates, des Geldes, des Terrors. Du kannst nur selig werden, wenn dein schlimmster Feind die Sünde ist! Und es ist Sünde, den Staat über das Reich Gottes zu stellen.

Der Staat ist da anderer Meinung.

Weil er sich Rechte anmaßt, die nur Gott zustehen. Für Sünder ist der Staat nicht zuständig; für Sünder gibt es Erbarmen, nicht den Kerker.

Aber wie soll das geschehen, fragte Markus. Wo Menschen zusammenleben, muß es auch Ordnung geben, und Ordnung läßt sich nur herstellen, wo es Gesetze gibt.

Es gibt die zehn Gebote, erwiderte Johannes, und mit ihnen kann jeder Staat zurechtkommen. Wer sich daran hält, tut weder etwas Unrechtes noch handelt er gegen die Gesetze. Um aber Gottes Liebe wiederzugewinnen, muß der Mensch mehr tun; er muß an Gottes Gerechtigkeit glauben, auf Gottes Gnade hoffen und mit ihm die Menschen lieben, sogar seine Feinde.

Barabbas sagte: Meine Feinde werde ich nie lieben. Und ich habe auch nicht die Absicht, das je zu tun.

Weil du nicht glaubst. Weil du nicht einmal den Wunsch hast, selig zu werden.

Ob ich glaube und selig werde, hängt nicht zuletzt davon ab, ob ich überhaupt am Leben bleibe. Und ehe ich mich

totschlagen lasse, bringe ich meine Feinde lieber um. Es gibt auch gerechte Kriege.
Es gibt keinen gerechten Krieg.
So?
Du sollst deinem Feind so gegenübertreten, daß er die Chance hat, etwas anderes zu sein als dein Feind.
Sag das doch einmal einem Soldaten. Der kann dann gleich seine Uniform ausziehen und sich nach einer anderen Tätigkeit umsehen.
Es wird keine Soldaten mehr geben, sagte Johannes.
Ab wann?
Sobald das Reich Gottes kommt.
Und wenn es keine Soldaten mehr gibt, erledigen sich die Kriege ganz von selbst?
Es wird keinen Krieg mehr geben.
Und bis in alle Ewigkeit haben wir Frieden auf Erden...
Ja.
Und das glaubst du?
Das glaube ich.
Barabbas schwieg. Der Glaube, dachte er, widersetzt sich aller Vernunft, wer glaubt, muß nicht beweisen, was er glaubt, und was einwandfrei bewiesen ist, muß noch lange nicht geglaubt werden. Simon sagte: Hast du ihn tatsächlich so verstanden?
Wie denn sonst, fragte Johannes.
Er hat kein Wort darüber gesagt, daß es keine Kriege mehr geben werde und der Beruf des Soldaten gegen den Willen Gottes verstoße.
Nicht? Wo, um alles in der Welt, hast du denn deine Ohren gehabt? Hat er nicht gesagt, daß selig die Barm-

herzigen sind? Wie kann ein Soldat barmherzig sein? Hat er nicht gesagt, selig sind die Friedfertigen? Seit wann sind Soldaten friedfertig? Hat er nicht gesagt, selig sind all jene, die geschmäht und verfolgt werden? Hat er nicht gesagt, wer dich ohrfeigt, dem halte auch die andere Wange hin? Er hat es gesagt, und ihr habt es gehört. Und trotzdem redet ihr vom gerechten Krieg und vom guten Soldaten.

Maria sagte: Und wenn ein Soldat für Gott und gegen die Gottlosen kämpft?

Indem er andere Menschen umbringt? Im Namen Gottes?

Ich glaube, sagte Markus, vor allem kommt es auf die Gesinnung an.

Gesinnung? Was nützt Gesinnung? Sie hilft weder dir noch anderen.

Sie hilft sehr wohl. Sie gibt dir ein reines Gewissen. Nur sie macht es dir möglich, frohen Herzens zu sein.

Johannes erwiderte: Ohne, daß du irgend etwas dafür tust? Man muß seine Gesinnung in die Tat umsetzen. Im stillen Kämmerlein dient sie niemandem und taugt überhaupt nichts.

Zwischen den Rechten des Staates und der Gerechtigkeit Gottes gibt es Unterschiede.

Nein.

Doch. Denn es gibt keinen gerechten Staat, weil alle Gerechtigkeit bei Gott ist, und an den Staat kann man auch nicht glauben. Es kommt immer nur auf den einzelnen Menschen an, nur er kann sein Heil finden, nur er erhört und erlöst werden.

Du hast ihn vollkommen mißverstanden, antwortete

Johannes, und Barabbas sagte: Wenn man euch so reden hört, bin ich heilfroh, daß ich nicht mit euch gegangen bin. Ihr streitet doch bloß. Ihr habt ihn gehört, aber anscheinend habt ihr alle etwas anderes gehört. Und was er wirklich gemeint hat, habt ihr entweder falsch verstanden oder nicht begriffen. Also, sagte Barabbas, ich will jetzt nach Hause, und er fragte die Maria, ob sie mit ihm komme.
Ich muß noch nach den Ziegen sehen.
Jetzt noch?
Ja, warum fragst du?
Und du, Johannes, willst du jetzt wieder am See bleiben?
Ich folge ihm nach, was denn sonst.
Es war schon Nacht, als Maria die Wiesen hinaufging.
Die Ziegen standen vor dem Holzschuppen, dösten vor sich hin, leckten sich die Mäuler und die Nasenlöcher sauber und sahen Maria fragend an. Maria öffnete die Tür zum Holzschuppen, ging hinein, zündete die Öllampe an, breitete die Wolldecken auf dem Lehmboden aus, legte ihre Kleider ab, wusch sich, kniete nieder, betete, und als Johannes kam, sagte sie: Ich habe dich schon erwartet.

Unterwegs traf er den alten Mann mit dem Esel. Wohin gehst du, so früh am Morgen, fragte der alte Mann.
In die Stadt, antwortete Johannes.
Was, um alles in der Welt, willst du denn in der Stadt? Du wirst dich dort nicht wohlfühlen.
Warum nicht?
In der Stadt sind die Menschen anders. Sie kennen sich nicht, lieben sich nicht, gehen sich aus dem Weg und wollen nichts miteinander zu tun haben. Ohne Zwang sollte der Mensch nie in die Stadt gehen.
Der Jesus ist in der Stadt, sagte Johannes, und ich will in seiner Nähe sein.
Bist du deshalb so fröhlich?
Jesus hat gesagt, daß Mann und Frau ein Fleisch werden sollen, und Johannes schämte sich, daß er nur noch an die Maria denken konnte. Vielleicht aber, dachte er, sind die Menschen gerade dann Gott am nächsten, wenn sie ein Fleisch werden, denn Gott zählt ja nicht die frommen Gedanken und die schönen Gebete, für ihn zählt doch nur die Liebe.
Der alte Mann strich seinem Esel die Mähne glatt, klopfte ihm auf den Hals, wünschte dem Johannes Gottes Segen und zog weiter.

29

Es sei zwar schön am See, sagte Karalus, aber schließlich habe er noch anderes zu tun, und er müsse in die Stadt zurück.
Am besten gefalle ihm wohl die Maria, meinte der Tobiaswirt, lachte und holte die Rechnung.
Karalus zahlte. Ist die Maria dem Markus eigentlich fest versprochen, fragte er.
Der Lehrer ist noch immer dagegen. Doch irgendwann machen die Kinder sowieso was sie wollen.
Die Maria bestimmt, antwortete Karalus.
Sie schwiegen. Karalus wollte sich verabschieden.
Wird man dich bald einmal wiedersehen, fragte der Tobiaswirt.
Warum nicht?
Bei mir bist du stets willkommen.
Das weiß ich.
Und wenn du deinen Dienst quittiert hast, wie du sagst, müßtest du ja auch Zeit genug haben.
Das sagt sich so leicht dahin. Zu tun hat man immer.
Also, sagte der Tobiaswirt, dann auf bald.
Als Karalus gegangen war, kam die Mutter des Johannes, fragte, ob sie jetzt putzen dürfe, ja, sagte der Tobiaswirt, du mußt auch noch den Hof kehren und die Weinkrüge ausspülen, und wenn Krämer Judas kommt, gib ihm zu trinken, soviel er mag, bezahlen kann er morgen.
Lena war im Krämerladen; Lehrer Barabbas las die alten

Philosophen, Markus reparierte seinen Kahn, Simon grub den Garten um, und Barabbas zog mit seiner Herde auf die andere Seite des Sees. So vergehen die Tage, und wenn man abends nach Hause kommt, fragt man sich, wo die Zeit geblieben ist.

Beim Abendessen fragte Lehrer Barabbas: Wo ist die Maria?

Sie wird schon noch kommen.

Da bin ich nicht so sicher. In meinem Haus gibt es schon lange keine Ordnung mehr, hier kommt und geht jeder, wie es ihm gerade paßt.

Barabbas gab keine Antwort. Sie aßen.

Vielleicht ist sie beim Markus?

Vielleicht.

Sie beteten, und Barabbas räumte den Tisch ab.

Sonst sagt sie wenigstens, wenn sie über Nacht fortbleibt, meinte Lehrer Barabbas.

Barabbas schwieg.

Aber wenn du dir keine Sorgen machst, bitte, warum soll ich mich aufregen? Sehr wahrscheinlich kommt sie mitten in der Nacht heim, schleicht sich auf ihr Zimmer, und wenn man sie morgen fragt, wo sie so lange gewesen sei, bekommt man eine freche Antwort.

So lange brauchst du nicht zu warten, erwiderte Barabbas und ging.

Er fand Maria vor dem Ziegenschuppen. Sie war nackt, hockte auf der Holzbank, zitterte, blutete, weinte, und als er ihren Kopf in seine Hände nahm, sah sie ihn mit fremden wäßrigen Augen an. Die Tränen liefen ihr über die Lippen in den Mund, und als er ihr die Tränen fortwischen wollte, schrie sie auf, biß sich in den Handrücken, wimmerte vor sich hin, betete, zitterte, die Schweißtropfen mischten sich mit den Tränen, nein, sagte sie, bitte, es ist nichts geschehen, nichts ist geschehen, ich bin nicht die Maria, nie mehr die Maria, bitte, niemand darf es erfahren, du bist doch mein Bruder, bitte, und Barabbas umarmte sie, preßte sie an sich, aber ihr Zittern konnte er nicht bändigen, Maria, sagte er, mein Gott, Maria, liebste Maria, mein Gott, küßte ihr Haar, ihre Stirn, ihre Augen, ihre Lippen, Maria, Gott sei uns gnädig, lief in den Schuppen, holte Decken, packte Maria darin ein, trug sie nach Hause, Maria, komm, ich bin bei dir, der Barabbas, dein Bruder, du brauchst dich nicht mehr zu fürchten, keiner kann dir etwas antun, keiner, bitte, ich halte dich fest, ich bin stark, weine dich aus, Maria, mein Gott, bitte... Er trug sie auf ihr Zimmer, rieb ihren Körper mit feuchten Tüchern ab, wischte ihr die Tränen fort, küßte sie, bitte Maria, kniete vor ihr nieder, faltete die Hände, betete, betete: Maria, Gott, liebste Maria, lieber Gott, bitte, meine Maria, mein Gott, meine Maria, bitte...

Am nächsten Morgen kam Lehrer Barabbas, sah seine Tochter, legte ihr die Hand auf die Stirn und sagte: Sie muß hohes Fieber haben.

Ja.

Hast du sie in feuchte Tücher gewickelt?

Ja.

Der Markus wollte sie besuchen, aber Barabbas ließ ihn nicht zu ihr.

Du kannst mir doch nicht verbieten, die Maria zu sehen, sagte Markus.

Komm morgen wieder.

Ist sie sehr krank?
Morgen nicht mehr.
Barabbas kniete vor ihr nieder und streichelte ihr durchs Haar.
Es darf niemand erfahren, sagte sie.
Niemand.
Und nie im Leben darfst du darüber reden. Versprichst du mir das.
Das schwöre ich.
Sie weinte. Die Würgemale am Hals hatten sich gerötet.
Hast du Schmerzen, fragte Barabbas.
Nein.
Sie schwiegen. Maria schlief ein. Barabbas betete.
Als sie erwachte, sagte sie: Du mußt bei mir bleiben.
So lange du willst.
Und deine Schafe?
Die hütet der Simon. Mach dir keine Sorgen.
Sie schlief wieder ein, zitterte, träumte, stöhnte, schlug um sich, Barabbas küßte sie wach.
Du mußt immer bei mir bleiben, flüsterte sie.
Am dritten Tag stand Maria auf, ging hinunter, bereitete das Frühstück, und Lehrer Barabbas fragte: Fühlst du dich wieder besser?
Ja.
Der Markus hat nach dir gefragt. Er wollte wissen, wann er dich besuchen darf.
Er soll mir noch Zeit lassen.
Als er mit Maria allein war, fragte Barabbas: Ich muß dich noch etwas fragen. Aber es wird dir wehtun.
Frag nur.

Hat er dich auch geschlagen?
Ja.
Und deine Kleider? Du warst nackt, als ich dich fand.
Er hat mich gefesselt.
Und hat er dich nachher oder vorher gewürgt?
Vorher.
Am Abend, als Maria schon in ihrem Zimmer war, fragte Lehrer Barabbas: Willst du noch fort?
Ja, sagte er.
Und wohin?
Ich muß in die Stadt. In drei, vier Tagen bin ich wieder zurück.
Was willst du denn in der Stadt?
Ich habe dort etwas zu erledigen.
Als Barabbas in die Stadt kam, ging er zur Stapo und fragte nach dem Karalus.
Was er denn von dem wolle?
Der Karalus sei ein Freund von ihm und er müsse ihm etwas ausrichten. Und man kenne sich vom See.
So.
Was?
Eher privat. Es gehe um seine Schwester Maria.
Dann solle er draußen warten. Der Karalus komme erst später, vielleicht in zwei Stunden.
Barabbas ging hinaus. Das Gerichtsgebäude war zugleich Gefängnis, und wenn man hinhörte, konnte man einzelne Gefangene schreien hören. Es war März; die Sträucher wurden schon grün.
Als Karalus kam, ging Barabbas auf ihn zu. Karalus stutzte, sah den Barabbas an, lachte, sagte: Du bist es, der Barabbas. Was machst du denn in der Stadt?

Barabbas nahm sein Messer und stach zu. Karalus schrie auf, krümmte sich und fiel zu Boden. Das Blut floß aus seiner Brust, seine Augen waren aufgerissen und starrten in den Himmel. Barabbas sah ihn an, zog das Messer heraus und wischte es ab. Er ging zurück ins Gerichtsgebäude und stellte sich.

30

Verhör des Barabbas

Stapo: Du willst also deine Komplizen nicht nennen.
Barabbas: Ich kann sie nicht nennen, weil ich keine habe.
Stapo: Wie oft willst du uns dieses Märchen noch auftischen? Niemand kommt auf die Idee, ohne Mitwisser und ohne Mittäter einen Aufstand zu planen.
Barabbas: Es gibt keinen Plan. Und wenn es zu einem Aufstand kommen sollte, habe ich nichts damit zu tun.
Stapo: Einen Aufstand hältst du für möglich?
Barabbas: Ja.
Stapo: Wie soll der durchgeführt werden?
Barabbas: Das weiß ich nicht.
Stapo: Weil du nichts damit zu tun haben willst?
Barabbas: Weil ich nichts damit zu tun habe.
Stapo: Obwohl du ihn für möglich hältst.
Barabbas: Ja.
Stapo: Warum eigentlich? Was haben denn die Leute gegen ihre Obrigkeit einzuwenden? Kommt nicht alle Obrigkeit von Gott?
Barabbas: Vielleicht.
Stapo: Warum sagst du ›vielleicht‹? Steht es nicht so geschrieben? Hast du das nicht in der Schule gelernt?
Barabbas: In der Schule habe ich manches gelernt, das sich in meinem späteren Leben nicht bestätigt hat.

Stapo: Hast du dort auch gelernt, daß man auf offener Straße Menschen ermordet?
Barabbas: Ich habe es getan. Genügt das nicht?
Stapo: Für eine solche Bemerkung könnte ich dich foltern lassen. Hast du davor keine Angst?
Barabbas: Selbst wenn ich Angst hätte, würde ich das nicht zugeben.
Stapo: Weil du zu stolz bist?
Barabbas: Weil ich im Recht bin.
Stapo: Sieh an. Du bringst einen Menschen um und behauptest, du hättest das Recht dazu.
Barabbas: Ja.
Stapo: Und wenn es in dieser Stadt zum Aufruhr kommt, dann geschieht das wohl ebenfalls im Namen des Rechts?
Barabbas: Das habe ich nicht gesagt.
Stapo: Aber du denkst so.
Barabbas: Ich denke, daß dieser Staat Unrecht tut. Ich denke, daß er den Armen kein Brot gibt. Ich denke, daß er die Reichen noch reicher macht und die Gesetze so auslegt, daß die Mächtigen mit Geld und die Schwachen mit dem Kerker bezahlen müssen.
Stapo: Also sollte man das ändern?
Barabbas: Ja.
Stapo: Aber wie?
Barabbas: Das weiß ich nicht.
Stapo: Du weißt das nicht. Woher auch? Du bist ja ein friedliebender Mann, der so ganz nebenbei einen harmlosen Bürger ersticht, sonst aber seine Ruhe haben will.
Barabbas: Ihr werdet schon dafür sorgen, daß ich nicht mehr zur Ruhe komme.

Stapo: Da tust du uns aber Unrecht. Durch uns erhältst du sogar die ewige Ruhe, spätestens dann, wenn du am Kreuz hängst.
Barabbas: Hoffentlich habe ich am Kreuz noch die Kraft, auf euch hinabzuspucken.
Stapo: Und trotzdem behauptest du, kein Rebell zu sein?
Barabbas: Du sagst es.
Stapo: Du planst keinen Aufruhr, keine Rebellion, weder Mord noch Totschlag, denn du bist bloß ein einfacher Mann, der sein Recht will.
Barabbas: So ist es.
Stapo: Und daß der Karalus im Dienst des Staates stand, hast du auch nicht gewußt?
Barabbas: Ich habe es mir gedacht.
Stapo: Wieso?
Barabbas: Man merkt es den Schnüfflern an, daß sie eine schwarze Seele haben.
Stapo: Und Schnüffler dürfen natürlich deine Schwester nicht berühren.
Barabbas: Er hat sie geschändet, und dafür mußte er sterben.
Stapo: Ohne Gerichtsurteil?
Barabbas: Ich habe ihn auf meine Art erledigt.
Stapo: Und wir erledigen dich jetzt auf unsere Art.
Barabbas: Ich kenne eure Art.
Stapo: Es gibt da Nuancen.
Barabbas: Die kenne ich ebenfalls.
Stapo: Wenn du sie am eigenen Leib zu spüren bekommst, werden dir deine Sprüche schnell vergehen.

Barabbas: Wie lautet die Anklage?
Stapo: Aufruhr und Mord.
Barabbas: Das ist eine Lüge.
Stapo: Wen kümmert das? Wenn man dich vom Kreuz genommen und deinen Leichnam verscharrt hat, kräht kein Hahn mehr danach.

31

Judas ging zum Gericht und fragte nach dem Karalus. Der Beamte wies ihn ab, sagte, man habe im Augenblick alle Hände voll zu tun, die Gerüchte, daß es zum Aufstand kommen könne, rissen nicht ab, und der Judas solle am Nachmittag noch einmal vorsprechen.
Judas ging durch die Stadt, um sich die Zeit zu vertreiben. Wenn alles vorüber war, würde er in der Stadt bleiben, eine Wechselstube aufmachen und ein neues Leben anfangen.
Am Nachmittag kehrte er zum Gericht zurück, wurde vorgelassen, und ehe er dazu kam, seinen Bericht abzugeben, sagte der Beamte: Deinen Freund Karalus hat man ermordet. Was sagst du dazu?
Judas kannte den Beamten nicht, anscheinend aber hatte er eine hohe Funktion; hinter seinem Sessel standen zwei Diener, die sich nur dann rührten, wenn der Beamte sie mit dem Finger herbeiwinkte, und Judas durfte nicht Platz nehmen, mußte in gebührender Entfernung stehenbleiben. Einer der Diener sagte: Herr, dieser Mann heißt Judas, und er will dir über Jesus berichten.
Man hat deinen Freund Karalus ermordet, sagte der Herr. Interessiert dich das nicht?
Doch.
Aber wer es getan hat, weißt du anscheinend nicht.
Nein, Herr.
Wenn du lügst, haben wir noch einen passenden Kerker für dich. Es stehen einige leer.

Ich lüge nicht. Ich weiß, daß ich dir mein Leben verdanke, Herr.
Du redest von Dankbarkeit? Die Dankbarkeit gebiert den Haß. Und weil du mich haßt, stehst du mir so wenig zu Diensten. Oder willst du mir weismachen, daß du mich liebst?
Ich kenne dich nicht, Herr, aber obwohl ich gesündigt habe, hast du mich begnadigt.
Du bist bei der A. L. gewesen und hast deine Genossen verraten. Verräter aber begnadigt man nicht. Man läßt sie laufen, obwohl man sie verachtet.
Judas schwieg.
Ich habe dir gesagt, daß ich dich verachte.
Ja, Herr.
Ich habe dir außerdem gesagt, daß dein Freund Karalus tot ist.
Ja, Herr.
Aber den Mörder kennst du nicht?
Nein, Herr.
Der Mörder ist ebenfalls ein Freund von dir. Er ist einer deiner Leute vom See. Sein Name ist Barabbas.
Judas schwieg.
Hast du ihn näher gekannt?
Wir haben uns nie gemocht. Er war schon immer gewalttätig.
Du kannst ihn gern einmal besuchen. Er sitzt im Kerker. Vielleicht habt ihr euch einiges zu sagen.
Ich möchte ihn nicht sehen, Herr.
Man sagt, er sei ein Rebell. Er habe den Aufstand organisiert und wolle den Staat vernichten.
Davon weiß ich nichts, Herr.

Aber du hältst es für möglich?
Ja.
Was ist mit dem Jesus? Will auch er die Rebellion?
Er hetzt das Volk auf.
Mehr weißt du nicht?
Ich habe mich bei ihm eingeschlichen. Und ich weiß mehr als das, was er öffentlich redet.
Was?
Ich bitte um Vergebung, Herr, aber ich möchte eine Frage stellen.
Welche?
Du darfst mir nicht zürnen, Herr, und wenn dir meine Frage unangebracht erscheint, bitte ich dich, sie zu vergessen und mir nicht nachzutragen.
Wie lautet die Frage?
Ich kann nämlich nie mehr an den See zurück. Ich habe keine Heimat mehr. Ich bin mittellos. Aber ich habe bereut, und ich will ein neues Leben anfangen.
Wie lautet die Frage?
Man hat mir eine Belohnung versprochen, Herr, und nun bitte ich, sie mir zu gewähren.
Wofür?
Ich habe dir die A. L.-Leute ausgeliefert und jetzt den Jesus.
Für den Jesus brauchen wir dich nicht. Wir haben genug Informationen.
Ich liefere aber neue.
Nämlich?
Er hält sich für Gottes Sohn.
Wofür?
Für den Sohn Gottes. Er behauptet, alles, was er denke,

tue, predige, geschehe im Namen Gottes, also habe er mit irdischen Gesetzen nichts zu tun, denn Gott sei sein Vater.

Und das kannst du beweisen? Vor Gericht beschwören?

Ja, Herr.

Wenn ich das dem Richter mitteile, wird er mir nicht glauben.

Ich habe es selber gehört, und ich kann Zeugen beibringen.

Wo ist der Jesus jetzt? Kannst du uns zu ihm führen?

Ja, Herr.

Noch am selben Abend wurde Jesus verhaftet.

32

Die Leute vom See hatten es nicht glauben wollen. Der Barabbas, ein Mörder? Sie kannten ihn als einen Mann, der nie viele Worte machte und seinen eigenen Weg ging. Sie wußten, daß er gern allein war und nichts davon hielt, mit den Leuten lange daherzuschwätzen und im Wirtshaus große Reden zu halten. Gewiß, der Barabbas war ein eigenwilliger, eigensinniger Kerl; das Verhältnis zu seinem Vater war eher schlecht als recht, für den Barabbas war ein »Ja« ja und ein »Nein« nein, und unter den Leuten vom See gab es niemanden, der dem Barabbas hätte nachsagen können, er habe einen von ihnen im Stich gelassen oder gar sein Wort gebrochen. Und nun sollte er zum Mörder geworden sein? Viele werden verdächtigt, beschuldigt, verhaftet, die nie etwas Unrechtes getan haben, und so mußte es auch dem Barabbas ergangen sein, eine andere Erklärung gab es nicht.

Maria hatte den Abendtisch gedeckt, aber Lehrer Barabbas kam nicht. Sie ging hinauf in sein Zimmer, um ihn zu holen; Lehrer Barabbas saß vor seinen Büchern, betete und weinte. Es war das erstemal, daß Maria ihn weinen sah; selbst beim Tod ihrer Mutter hatte er die Tränen unterdrückt, Gott, hatte er gesagt, Gott hat sie mir gegeben, also hat er sie mir nun genommen, es war sein Wille, und sein Wille geschehe. Vater, sagte Maria, komm, dein Sohn Barabbas hat nichts Unrechtes getan, ich weiß es, so wahr mir Gott helfe.

Lehrer Barabbas betete und weinte: warum, betete er, trifft gerade mich deine Strafe, Gott, warum?
Maria kniete vor ihm nieder, umklammerte seine Hände, sah ihren Vater an und sagte: Er hat es für mich getan.
Für dich?
Dein Sohn ist kein Mörder. Er hat einen Menschen getötet, der mir, deiner Tochter, die größte Schande angetan hat, die man einer Frau antun kann. Du mußt ihm verzeihen, Vater, dein Sohn hat es um meinetwillen getan.
Und wird dennoch gekreuzigt, antwortete Lehrer Barabbas.
Jemand klopfte an die Tür, Maria öffnete; es war der Simon. Jesus ist verhaftet worden, sagte er.
Maria schwieg.
Er ist verhaftet worden, wiederholte Simon, er sitzt im Kerker, morgen wird der Prozeß sein.
Mein Sohn Barabbas sitzt im Kerker, antwortete Lehrer Barabbas, was schert mich dieser Jesus?
So darfst du nicht reden, Lehrer, dieser Jesus ist ein ganz besonderer Mensch, Gott hat ihn zu uns geschickt, auch zu dir, Lehrer, das Volk glaubt an ihn, er darf nicht ans Kreuz geschlagen werden.
Mein Sohn auch nicht.
Sie schwiegen.
Maria fragte: Woher weißt du das?
Ein Freund von mir, der alte Senex, antwortete Simon, ist dabeigewesen, als man ihn verhaftet hat. Auf dem Weg nach Hause ist er an den See gekommen, und schon morgen werden sie Jesus den Prozeß machen, ihm und dem Barabbas.

Schon morgen?
Ja.
Das Urteil steht doch längst fest, sagte Lehrer Barabbas. Der Prozeß ist nichts anderes als eine Formsache.
Vielleicht nicht.
Was heißt das: ›vielleicht nicht‹? Meinst du, die hätten nicht genug Kreuze? Oder glaubst du noch an die Gerechtigkeit der Richter? Und gar an ein Wunder?
Er hat schon öfter Wunder getan.
Er! Er! Er! Ich rede von meinem Sohn Barabbas. Darum geht's.
Einer von beiden wird freigesprochen. Das Gesetz schreibt es vor.
Welches Gesetz?
Das Amnestiegesetz. Der Richter kann nicht entscheiden wie er will. Er muß das Volk fragen, wer freigesprochen werden soll.
Und das Volk entscheidet?
Niemand sonst.
Lehrer Barabbas fiel auf die Knie, faltete die Hände, sagte: Gott, ich danke dir. Verzeih mir, Gott, daß ich deinen Fingerzeig nicht verstanden habe. Verzeih mir und sei mir gnädig.
Lehrer Barabbas lief durchs Dorf, an den See, zum Markus, zum Schmied, zum Krämer Judas, zur Lena, klopfte an jede Tür, ging zum Tobiaswirt, sagte: Ihr Leute vom See, ihr müßt morgen alle in die Stadt kommen, ihr alle, es geht um meinen Sohn Barabbas, ihr kennt ihn, ihr liebt ihn, ihr wißt, daß er kein Mörder ist, ich bitte euch, holt alle eure Freunde, geht mit mir in die Stadt, ich zahle jedem von euch den Verdienstausfall, ich

zahle euch pro Stunde, pro Tag, alles, was ihr wollt, bitte, kommt mit mir in die Stadt, ihr alle, schreit ihn frei, meinen, euren Barabbas, er war immer gut zu euch, er hat es verdient, Leute vom See, jetzt könnt ihr zeigen, daß ihr zusammenhaltet, daß man einen von euch nicht einfach ans Kreuz schlagen darf, ich flehe euch an, verlaßt eure Felder, eure Äcker, eure Wiesen, verlaßt sie nur für einen einzigen Tag, ihr werdet dafür köstlich belohnt werden, belohnt mit Geld, mit der Gnade Gottes, bis an das Ende meines Lebens will ich euch dankbar sein, Leute vom See, ich bitte euch, kommt mit mir in die Stadt und schreit mir den Barabbas frei...

33

Sie hatten ihn freigeschrien und waren schon auf dem Weg nach Hause. Barabbas und Johannes waren nicht unter ihnen, und an den Judas dachten die Leute vom See schon lange nicht mehr.
Einer sagte: Wo ist eigentlich der Johannes?
Keiner wußte es.
Er war nicht bei der Verhandlung, sagte Maria, und ich kann mir schon denken, warum nicht. Der Johannes wollte, daß Jesus freigesprochen wird.
Bist du sicher? Wie konnte er so etwas tun? Immerhin sind wir die Leute vom See, und wir müssen doch zusammenhalten.
Nicht der Johannes, antwortete Maria. Ihm ist der Jesus wichtiger als wir.
Wenn das so ist, sagte der Tobiaswirt, mag er auch zusehen, wie er ohne uns zurechtkommt. Am See jedenfalls soll er sich dann nicht mehr blicken lassen.
Die anderen nickten.
Barabbas hatte die Kreuzigung mit angesehen. Als die drei Gekreuzigten gestorben waren, hatten die Soldaten den beiden Rebellen die Schenkel zerschlagen, dem Jesus aber nicht. Barabbas wandte sich ab. Er wollte noch einmal in die Stadt, um mit dem Johannes zu sprechen.
Plötzlich stand der Judas neben ihm. Hast du auch zugeschaut, fragte Barabbas.
Ja.

Kein schöner Anblick, meinst du nicht?
Nein, schön ist es nicht.
Und trotzdem bist du gekommen.
Trotzdem. Aber warum bist du denn hier? Für dich war der Anblick vielleicht ganz angenehm, wenn man bedenkt, daß du ja selber am Kreuz hängen solltest.
Barabbas gab keine Antwort.
Oder warum sonst bist du gekommen, fragte Judas.
Ist es wahr, daß du ihn verraten hast?
Wer behauptet das?
Die Leute sagen es.
Die Leute! Seit wann gibst du etwas darauf, was die Leute sagen?
Ich habe dich gefragt, nicht irgendwelche Leute. Und ich frage dich noch einmal: Stimmt es, daß du ihn verraten hast?
Judas blieb stehen, packte den Barabbas und sah ihn haßerfüllt an.
Wenn du mich nicht sofort losläßt, sagte Barabbas, schlage ich dir die Hand entzwei. Und ich werde sie dir so zerschlagen, daß du sie Zeit deines Lebens nicht wieder gebrauchen wirst.
Das traue ich dir zu. Das bringst du fertig. Du bist nicht mehr der alte Barabbas. Längst nicht mehr. Du bist ein Mörder. Wenn dir jemand nicht paßt, nimmst du dein Messer und bringst ihn um. Zerbrich mir doch meine Knochen! Tu's doch! Auf einen Mord mehr oder weniger kommt es dir doch nicht an! Was zögerst du? Warum schlägst du nicht zu?
Barabbas stieß ihn zu Boden und ging weiter. Aber Judas

lief hinter ihm her, schrie: Ob ich ein Verräter bin, willst du wissen? Ausgerechnet du? Ich habe ihn verraten, ja, doch was geht das dich an? Einen Dreck geht dich das an! Du bist der letzte, von dem ich mich zur Rechenschaft ziehen lasse! Hast du gehört? Bildest du dir ein, ich ließe mir von dir die Leviten lesen? Du weißt doch, was du bist?
Barabbas blieb stehen und sah sich um. Judas traute sich nicht, näher zu kommen, fragte aber noch einmal: Du weißt doch, was du bist?
Ein Mörder, sag's nur.
Das ist mir zu wenig. Mörder gibt es wie Sand am Meer, und selbst wenn du bloß ein gemeiner Mörder wärst, würde ich mich nicht mit dir abgeben. Du bist doch sonst so mutig. Was du denkst, sagst du doch allen Leuten ins Gesicht. Warum nicht auch dir selber.
Was meinst du damit?
Er ist für dich gestorben. Einzig und allein für dich, Barabbas. Wenn das Volk nicht dich, sondern ihn freigeschrieen hätte, könntest du dein Maul jetzt nicht mehr aufreißen. Dann ständest du jetzt vor deinem Gott und müßtest Rechenschaft ablegen. Mag sein, daß ich ihn verraten habe. Gestorben aber ist er für dich. Und du wagst es, über mich den Stab zu brechen? Über mich zu richten? Ausgerechnet du? Du bist verantwortlich für zwei Morde. Der eine starb durch deine Hand, der andere durch deine Schuld. Du hättest büßen müssen, du allein! Dich hätte man kreuzigen sollen! Aber du lebst. Doch ich, der Judas, ich sage dir: Man wird dich verachten. Man wird mit den Fingern auf dich zeigen, und bis zu deinem Tod kannst du keinem Menschen mehr offen

ins Gesicht sehen. Er ist für dich gestorben, Barabbas, vergiß das nicht.
Barabbas wandte sich ab und kehrte in die Stadt zurück.
Judas wußte nicht, wohin er gehen sollte. Er wußte, daß Jesus unschuldig war, und er wußte auch, daß er einen Unschuldigen verraten hatte. Wie lebt man damit weiter?
Er wollte nach Hause. Er ging an den See, setzte sich ins Schilf, und in der Dunkelheit konnte er noch erkennen, daß Markus in seinem Kahn stand und sich vom Wind treiben ließ. Am Grab seiner Mutter sprach er ein Gebet. Beim Tobiaswirt brannte noch Licht; vielleicht saß sein Vater dort und trank. Judas ging zum Krämerladen, und über der Eingangstür war noch immer jener Haken, an dem in seiner Kindheit eine Schaukel hing. Er erhängte sich.

Das Jahr ging zu Ende und mit ihm das Leid. Die Ernte war schlecht gewesen, die Mutter des Johannes gestorben, und als Krämer Judas seinen Sohn erhängt vor der Haustür fand, nahm er den Leichnam ab, trug ihn zum Friedhof, ging zum Tobiaswirt und betrank sich. Die Maria war zum Markus gezogen, und Lehrer Barabbas hatte seinen Segen dazu gegeben. Johannes war nicht mehr an den See zurückgekehrt. Barabbas hütete die Schafe.

Maria sagte: Der Johannes sollte wieder an den See kommen, meinst du nicht?

Ich will ihn gern zurückholen, antwortete Barabbas.

Er ging in die Stadt, fand den Johannes, aber er war nicht allein. Es waren Leute bei ihm, und Johannes berichtete ihnen von Jesus. Einer fragte: Kannst du uns nicht noch mehr von Jesus erzählen? Du solltest das alles einmal aufschreiben.

Es gibt noch vieles, was ich euch sagen könnte, erwiderte Johannes. Wollte man dies aber alles niederschreiben, würde die ganze Welt nicht ausreichen für die noch zu schreibenden Bücher.

Als Barabbas wieder an den See zurückging, wußte er nicht einmal, ob Johannes ihn überhaupt bemerkt hatte.

Die Bücher von Werner Koch
im Suhrkamp Verlag:

See-Leben I. 1971
suhrkamp taschenbuch 132. 1973

Wechseljahre oder See-Leben II. Roman. 1975
suhrkamp taschenbuch 412. 1977

Jenseits des Sees. Roman. 1979
suhrkamp taschenbuch 718. 1981

Pilatus. Erinnerungen
suhrkamp taschenbuch 650. 1980

See-Leben. *3 Bände in Kassette*
suhrkamp taschenbuch 783. 1981

Intensivstation. Erzählung
edition suhrkamp 1173. 1983

Diesseits von Golgatha. Roman. 1986